芦屋ことだま幻想譚

著　石田空

マイナビ出版

石田 空

序章

汗ばむ季節である。

アスファルトの照り返しが皮膚を焼き、陽炎(かげろう)が立ち上っている。伸びた影はくっきりと濃い。

その中。茜(あかね)は必死で坂道を駆け下りていた。

運動不足が災いして、少し走ればすぐに息が切れる。全身で息をしてもなお、酸素が足りないような気がして、はふはふと呼吸をするみっともない走り方になるが、それでも茜は自分の持てる体力の全てを使って、必死で走っていた。

山風が、季節外れのバラの匂いを運んでくる。もしそれが今でなければ、暢気(のんき)に「いい匂い」と肺一杯にその匂いを吸い込んでいただろうが、今の彼女にはその余裕はなかった。

その芳醇な香りは、今の茜には恐怖を募らせる要因にしかならなかった。

「で、電話……っ！」

茜は目尻に涙を溜めて、どうにかワンピースのポケットからスマホを取り出そうとするものの、指にスマホが触れないことに気付く。どこかで落としてしまったのかもしれないと、頭が真っ白になっていく。

最近は誰でもスマホを持つ時代で、公衆電話なんて滅多に見つかるものじゃない。

もしここで公衆電話が見つからなかったら。そのまま坂を駆け下りて坂の下にある交番に駆け込むか、タクシーを捕まえて先生の家まで送ってもらうかしかないが、どちらもあまり現実的ではないように思えた。

普段ならそこそこタクシーが通っているが、今はゴーストタウンになったかのように、車の行き来がピタリと止まってしまっている。

茜の服装は黒いロングワンピースにレースの装飾の多いエプロン。汗をかいて裾が脚に絡まって上手く走ることができない。足元はヒールのない革のローファーで、どう考えても走るための靴ではないが。

助けを求めることが期待できないのならば、走るしかないだろう。

蹴躓（けつまず）きそうになりながらも、必死で坂道を駆け続ける。つんのめって何度も転びそうになるし、なによりも先程から、ブチンブチンと音が響いてくるのが怖い。

茜のエプロンのポケットから、なにかが滑り落ちた。それは掌にすっぽりと収まるほどの豆本だった。背表紙が割れ、中に描かれた絵も共にひびが入ってしまっている。

茜は拾うか否か躊躇(ためら)った結果、そのままあわあわと壊れたそれを拾って無理矢理エプロンのポケットに突っ込み、もう一度走り出す。

だんだん坂がなだらかになり、大通りが見えてきた。そこでようやく茜の気が緩んだ。

ここからだったら、タクシーを捕まえて先生の家まで帰れる。そう思ったときだった。

「なにをやっているんだい?」

背後から声を掛けられ、肩を大きく跳ねさせ、だらだらと背中に汗が流れるのを感じる。今、振り返る勇気はない。

またもブチンと豆本が割れる音が耳に入ったような気がする。先生にはまだ会えない。たくさんあった豆本はもうそろそろ底を突く。

どうしよう、どうしよう。

頭が真っ白になり、パニック状態に陥る。

それでも茜は、必死で考える。できないことをするのはただの蛮勇だが、できることをしないのはただの怠慢だと、先生ならそう言うだろう。

逃げよう。それが今、彼女にできる最大限のことだと、そう判断したのだった。

かちかち山

芦屋は、兵庫県でも富裕層の住まう街として有名である。

山の手には六麓荘という、日本有数の豪邸街が存在し、阪神間モダニズムと称される昭和初期の風情を色濃く残した建物が多数点在している。

一方海の手には一般人の住まう新興住宅地を有し、その間にぽこぽこと昭和の文化財が混ざって建っている。

「ふわあ……」

そんな海の手の景色が見られる松並木を、茜は途方に暮れた顔をしながら、カートを引いて歩いていた。

ハウスキーパーとして新しいお宅に派遣されたのはいいが、どうも降りるバス停を間違えたらしい。

阪神芦屋駅からふたつ目のバス停を降りてすぐ。芦屋川に面した家。そう聞いていたのに、いつまで経っても目的の住所に到着しないのだ。

仕方がないので、住所をスマホで検索し、芦屋川の畔の松並木に沿って歩いているのだが、同じような景色がずっと続いていると、だんだん不安になってくるというものだ。

芦屋川に沿って歩き、高速道路の高架下を越え、更に阪神芦屋駅を通り過ぎる。そこでようやく、茜はそもそも乗るバス停を間違えたことに気付く。阪神芦屋駅前のバス停の路線はとにかく入り組んでいるのに、行き先だけでバスを選び、肝心の路面図の確認を怠ったのだ。

改めてバスに乗るよりも、歩いて行ったほうがいい。

松並木に沿って、山を見ながら歩いているとき、バス停と一緒にようやく目的の家を見つけた。

「え……ここ……？」

たしかにスマホ地図と一致しているし、バス停も近くにある。しかし。

そこは民家と言うには、あまりにも大き過ぎる代物だった。

先程通り過ぎた芦屋警察署旧庁舎。今は文化財として残されているそこと同じくらいの敷地がある。古い石垣の向こうからは、大きな瓦葺きの和風建築の家屋が見える。

茜はスマホの画面で時間を確認する。初めての場所なため、最初から迷子になることは織り込み済みで出発したので、ちょうど約束した時間の十分前だったことにほっとしながら、チャイムを鳴らした。

ブーッというあまりにも旧式なチャイムの音に少しだけ驚きながら、チャイムの向こうの反応を待つ。

「はい」

「お、はようございます。サルビアホームサービスから派遣された、ハウスキーパーの北村(きたむら)です」

「あー……今ちょっと手が離せないから、そのまま入ってきてくれたまえ。表からでいいから」

「は、はい……！」

雇い主が向こう側から見ているのかはともかく、茜はモニターに向かってペコリと頭を下げてから、門扉に手をかけた。ハウスキーパーとして派遣される際に、既にスペアキーは預かっている。

庭木は植木屋を呼んでいるのか、松はくっきりとした形に整えられ、飛び石が玄関まで続いている。玄関は古い引き戸だった。

茜は錠を開けて戸をそっと引いた。カートを玄関に置かせてもらってから、スリッパを借りて中に入る。

廊下は艶めいた飴色で、これは掃除が大変そうだなとぼんやり考える。昔ながらの和風建築だからだろうか、気密性の高いマンションやアパートに比べて風通りがよく、湿気で汗ばむ六月にしてはずいぶんと涼しい。

雇い主はどこだろうかと耳をそばだてていると、奥の部屋から声が聞こえることに気付いた。ここもまた、引き戸であった。

「だから、言われたとおりに書いたでしょうが」

先程スピーカー越しに聞いた声だった。年齢不詳な男性の声が、呆れたような声を上げている。カチャカチャと響いているのは、キーボードを叩く音だろうか。そういえば、雇い主は小説家だと聞いていた。

『ええ、言いました。地方色豊かな恋愛小説という依頼をしました』

どうも電話をスピーカーモードにしているようだ。電話越しに苛立った女性の声が聞こえてくる。

それに雇い主らしき男性は淡々とキーボードを叩きながら答える。

「だからその通りに書いたでしょ。舞台を神戸(こうべ)にして」

『ええ、クライマックスのルミナリエでの告白のシーンは大変に盛り上がりました……ですが』

「はい」

『普通、そこで指定暴力団の抗争に巻き込まれてなにもかも終わるとかいうオチは持ってこないでしょ!?　ふざけているんですか!?』

「舞台が神戸ですからねえ……神戸といえばや……」

『言わせませんからね!?　とにかく、このオチの部分は再考してください！　これをこのまんま出したら、出版社の正気を疑われますから！』

「や……が駄目なら、神戸らしさってなんですか。平清盛（たいらのきよもり）ですか」

『異人館（いじんかん）とか南京町（なんきんまち）とか、もうちょっといろいろあるでしょ!?　お願いですから面倒臭いとか言って原稿を直さずそのまま送って来ないでくださいよ!?　ちゃんと書き直すんですよ！　本当にお願いですから！』

そのままの勢いで、電話は切れた。

ツッコミが追い付かない会話に、茜はただただ呆気に取られていた。

雇い主は「やれやれ」と慣れた調子でぼやくと、ようやく戸のほうに声をかけてきた。

「ああ、すまなかったね、急な電話で待たせてしまって。仕事の話をしようか。入ってきたまえ」

その声で、ようやく茜は我に返った。

「し、失礼、します……！」

恐々と引き戸を開けて入った部屋に、目を見張った。

本棚には本がパンパンに詰まり、本棚の上にすら、本が積まれているという有様。おまけに部屋の空いているスペースというスペースに本が積み重なり、いくつもの塔をつくっている。

本棚の近くには大きな机が置かれ、その上にはデスクトップパソコンが載っている。モニターにはワープロソフトの画面が見え、長文が打ち込まれているのがわかる。

そして肝心の雇い主はというと。

年齢不詳の男性であった。書類によると三十代だそうだが、見た目だけなら茜と同じ二十代にも、もっと年取った四十代にも見えた。癖のない短く切った黒髪に着流し姿でパソコン椅子に腰かけている様は、いっぱしの文筆家にも見える。

「はじめまして、私は蘇芳望。小説家をやっている。君が、うちのハウスキーパーだね？」

残念ながら、茜は本をあまり読まないせいもあってか、彼の名前を聞いた覚えがない。

「は、はい……今回派遣されました、北村茜と申します。既に会社のほうから説明があったかと思いますが、仕事内容の確認をしますね」

茜はあわあわと説明をはじめる。

　蘇芳がハウスキーパー派遣会社サルビアホームサービスと契約し、そこに登録しているハウスキーパーの茜が派遣されてきた。事前に仕事内容の擦り合わせはしているものの、現地に行ってみなければわからないことも多い。

「契約内容は、朝食から夕食の準備までの家事全般とのことですが……入ってはいけない部屋などは、ありますか？」

「本当だったら、ここを一番掃除してほしいところだけれど、君はここでなにがどう必要かわからないし、本棚にどういう順番で本が並んでいるかわからないだろ」

「あ……もし順番が決まっているんでしたら、その順番で片付けますよ？」

　茜の申し出に、蘇芳はぶんぶんぶんと首を振って、何重の塔と化した本の山を指さす。

「いや、その日の気分で順番を入れ替えることもあるし、本棚を人にいじられるとほしい本がどこにあるかわからなくなって困るし、そこに積んである本の順番を入れ替えられても困るから、掃除はこの部屋以外をお願いするよ。庭は定期的に植木屋を呼んでいるから、下の掃き掃除だけでかまわないよ」

　茜はそれらをメモに取りつつ、仰々しくしゃべる蘇芳をまじまじと見た。

　全日ハウスキーパーの仕事を入れてくる依頼者の中には、ときおりこのような変わり者がいることがある。小説家という職種の人間には初めて会ったが、皆こういうものなんだろうか。

やけに身振り手振りが大袈裟なこの人物に、どうしても茜は首を傾げてしまうのだった。もっとも、茜の仕事はあくまでハウスキーパーであり、雇い主の性格がどうあれ関係ない。彼の機嫌を損ねないようにしようと、そっと自分自身に釘を刺した。

とりあえず部屋と中庭の確認を済ませ、最後に昼食のために冷蔵庫の中をあらためる。冷蔵庫の中はお茶の葉の筒ばかりが並び、それ以外は漬け物と梅干ししか入っていない。

念のため炊飯器の中も確認するが、ご飯は保温されていた。

台所はそこそこ広く、ガス台は三つ口コンロだし、電子レンジもオーブンもあるのだが、どこも油汚れひとつない……要はほとんど使っていないのだ。家を買う際に、必要だろうとあれこれ家電を買うだけ買って使わない、宝の持ち腐れ状態の人はよくいるが、この家もどうやらそのようだ。

これでは昼食用と夕食用になにか買わなければ、ご飯と漬け物以外に出せるものがない。

「あ、あのう。買い物も仕事のうちですので、これから食事の材料を買いに行きますが。なにか召し上がりたいものはございますか？」

茜が家事の段取りを考えているところで、台所に出てきた蘇芳に尋ねる。

「ふむ……ならお茶に合うものでも頼もうか」

「ええっと……お茶を飲みながら食事を召し上がりたいということで、よろしいでしょうか？」

「うむ。よろしく頼む。北村さん」

茜はほんの少しだけ、意外なものを見る目で蘇芳を見た。

ハウスキーパーの派遣を頼む人のほとんどは、ハウスキーパーの名前を憶えていない。派遣会社の名前か、端的に「ハウスキーパーさん」と呼ぶので、名前を憶えないのだ。

茜は蘇芳が普段行っているというスーパーの場所を聞いてから、持ってきていたカートをカラカラ引いて外に出る。

蘇芳に教えられたスーパーに行くため、阪神芦屋駅に向かう。警察署の傍を通り抜け、教会、警察署旧庁舎を通り過ぎたら駅前に出るが、その付近はずいぶんと賑わっている。

老舗洋菓子店の本店が見えるし、本屋、居酒屋、パン屋、銀行などが軒を連ねている。スーパーも踏切近くですぐに見つかった。

茜が迷子になっていた駅の反対側には、市役所も並んでいたから、高過ぎる家賃の問題さえクリアすれば住みやすい街なんだろう。

抽象的過ぎる蘇芳のリクエストに困惑しながらも、茜は野菜コーナー、魚コーナー、肉コーナーをぐるっと回って必要なものをどんどんと買い物カゴに放り込み、なんにでも使えるからと缶詰コーナーでトマト缶を、乳製品コーナーで牛乳を選んで、レジへと向かった。

会計を済ませ、カートに荷物を詰めて、今度は迷子にならないぞと、蘇芳が書いてくれた地図を見ながら、元来た道を戻る。

松並木が続いているため、歩き慣れなかったらどこも同じに見えてしまうのだから困る。蘇芳の家を目指して歩いている中。

閑静な街並みにそぐわない、けたたましいサイレンの音が響き渡り、茜は驚いて顔を上げる。

細い道路を、消防車が通り過ぎていくのが見える。

建物が大きいと、細かいところまで目が届かないこともあるんだろうか。おまけに古い家だと最新の耐火構造の家よりも燃えやすいだろう。だとしたら、火の元には気を付けないといけない。

不安になった茜は、地図とにらめっこをしながら、どうにか急いで蘇芳の家へ帰りついた。

「ただいま、戻りました……」

必死で歩いたせいで、息が切れている。蘇芳は相変わらず仕事部屋でキーボードを叩いていたようだが、数分遅れてひょっこりと顔を覗かせてきた。

きょとんとした顔で、ぜいぜい息をしている茜を見下ろす。

「おや北村さん。どうかしたかな？　ずいぶんと急いでたみたいだけど。雨でも降ってきたかい？」

「い、いえ……ただ、火事があったんだなあと思いまして……」

「ふむ。火事かい？　駅前には消防署があるけど。この辺りは古い家が多いからねえ。火事になったら一大事だ」

「ひや……っ」

消防車がどこへ走っていったのかまでは、茜も確認していなかったが。この町にはそこかしこに文化財が点在している。火事になったらまずいんじゃないかと震えた。

蘇芳が「ふむふむ」と顎を撫でつつ、のんびりと言う。

「そろそろ仕事もひと段落するし、食事を頼めるかい？　お茶と食べられるもの」

「あ……はい」

言われるがまま、茜は買ってきたものを玄関に置いてきたカートから取り出し数往復して台所へ運び、冷蔵庫や棚にしまい込むと、最後にカートからエプロンを取り出して着る。

「さて、と」

茜はようやく調理に取り掛かる。

小鍋に水で割った出汁醤油を温め、そこに細切りにしたキャベツとベーコンを投下してスープにする。

残ったキャベツの細切りはすし酢で揉み込んで、サラダの代わりにすることにした。

いさきの鱗を取り、三枚に下ろして、身は更に半分に切る。冷蔵庫にあった梅干しの種を取ってたたき、醤油とみりんと混ぜてから、いさきの切り身に塗った。

ガス台の下の魚焼きグリルは全然使ってないようだが、使えるみたいだ。確認をしてから、梅だれを塗ったいさきを焼く。

キャベツのスープにキャベツの酢の物。いさきの梅だれ焼きを台所にある食卓に載せて、最後にご飯をよそって、お湯を沸かして緑茶を淹れておく。

慌ただし過ぎて、蘇芳の好みを確認している暇もなかったが、存外に蘇芳は喜んで食卓で手を合わせてくれた。

大きな家だから、居間で食事をとればいいのにと思うものの、蘇芳は基本的に台所のテーブルで食事をとるそうだ。さっさと食べたい場合は都合がいいんだろうか。

「うん、いいねえ。こうやって温かい料理が出るのは」

「あのう……失礼ですが、今まではどうやって……？」

茜は台所を掃除しつつ、首を傾げる。茜が料理するまではせいぜいお湯を沸かしたであろう跡しかない。油汚れひとつないせいで、掃除は本当に簡単に済んでしまった。

茜の問いに、蘇芳はのほほんと笑う。

「ああ、今まで店屋物を頼んでいたし、少し歩けばラーメン屋もあるしねえ。でも家に引き籠もる時間も増えたし、四六時中お茶漬けばかり食べる訳にもいかないしねえ。こりゃまずいと思って、ハウスキーパーを雇ったのさ」

「はあ……」

ハウスキーパーを雇う人間のほとんどは、外出していることが多く、家事をしている暇がないという人なため、仕事をしていてもほとんど家主と会うことはない。

逆に家に籠もり過ぎて家事が回らないというのは、珍しく思えた。在宅ワークは一日中家にいるのだから家事もできるんじゃないかという考えは、捨てたほうがいいらしい。

「お仕事、そんなに大変なんですねえ……」

そう茜がしみじみと言うと、蘇芳は意外なことをのたまう。

「いや、全然？　むしろ今の原稿が、いつ本になるのか私もわからないからねえ」

「……はあ？」

思わず裏声が出る。蘇芳は茜の反応を気にする素振りすら見せずに続ける。

「まあ貧乏暇なしとはよく言ったものだねえ。あれこれと忙しいったらないから、家事をする暇もない訳だよ。はっはっは……」

笑いごとなんだろうか。そもそもハウスキーパーを雇っていていいんだろうか。この一軒家の維持費だって結構な値段だろうに。でも事務所がそのあたりの査定はしているはずだから問題ないんだろうが。

それから茜はひとりで軽く食事をしてから、掃除や夕食づくりまでの家事をして、帰路に就く。

カラカラとカートを引きながら、芦屋川のせせらぎを耳にする。梅雨の頃にしか、芦屋川に水は流れていない。

「ずいぶんと、変わった人だった……」

今までいろんな家にハウスキーパーとして派遣され、家事を執り行ってきたが、初日でこんなに雇い主と会話をしたこともなければ、雇い主の変なテンションに振り回されたこともなかった。しかし茜はそれをどうこう突っ込める立場でもない。こういう人なんだろうと慣れるしかないと、考え直すことにした。

それにしても、と思う。

小説家を自称していたし、実際に出版社の編集者らしき人とやり取りをしていた。でも書いた原稿がなかなか本にならないのだとしたら、あんな維持費の高そうな場所に、ずっと住み続けることができるんだろうか。

それとも貧乏暇なしと言っていたから、副業でもしているんだろうか。家に籠もっているのだったら、会社勤めという訳でもなさそうだし、どこかの地主とか資産家の家系とか。

「うーん……」

副業について聞いたほうがいいんだろうか。聞かないほうがいいんだろうか。むやみに雇い主の生活に干渉することは、派遣会社から禁じられている。でも自分の仕事内容に関わるなら聞いておいたほうがいいだろうが、この場合は関わるのか否か。

もし聞かないと駄目なら、それは少しだけ困るなと茜は思う。

ハウスキーパーの仕事のいいところは、やたらめったらに人と関わらなくていいところだ。茜は人としゃべるのが苦手だ。そんな茜がほとんど唯一の特技と言える家事全般でお金をもらえる仕事といえば、ハウスキーパーくらいだったのだ。もし今回の雇い主とは、コミュニケーションをまめに取らないといけないのだとしたら、それはとても困るなと思ってしまうのだった。

そう考えながら、駅まで歩いていると。

消防車が、またけたたましいサイレンを鳴らして走り去っていくのが目に入った。

まただ。今の季節だと、そう頻繁に火事は起こらないはずなのに。だとしたら、なにか事件でもあったんだろうか。

わざわざこんな警察署の近くで事件を起こしたら、逮捕してくださいと言っているようなものなのに。茜は首を捻りながら、警察署の前を通り過ぎていった。

＊　＊　＊

朝に蘇芳宅に着くと、新聞と郵便物を食卓に置いておく。

簡単に食べられる物を用意したら、洗濯をして、掃除。家の中のあちこちに本の山をつくる蘇芳に立ち入りを禁止されている部屋が多いのは難点だが、プラスに捉えるとしたら、掃除しなくても問題ない部屋が多いということだ。

蘇芳の提案で昼食は一緒に食べることにしたが、三時までには夕食の準備を終え、あとは温めるだけの状態にして、茜は帰る。

そういうローテーションで、蘇芳宅の仕事にも慣れてきた。

『ですから先生。どうして舞台が大阪だからって、豊臣秀吉なんですか⁉』

「なんだね、君は知らないのかね、太閤さんが大阪城を建てたんじゃないか。関西じゃ太閤さん呼びがデフォルトだよ」

『ですから、文脈！　この流れで出す意味がわかりません！』

相変わらず、蘇芳は出版社の人ととんちんかんなやり取りを繰り広げている。神戸の次は大阪の扱いで揉めているが、そもそもこの間の原稿と同じ話なのか、違う話なのかが茜には判別が付かない。

今日は洗濯機を回している間に、さっとでもいいから庭の掃除をしようと、外に出たとき。

門扉越しに、スーツ姿の人と目が合った。

洗っても型崩れしない量販店で売っているようなシャツに、ややくたびれたスーツ。年齢は四十代後半といったところか。髪は白髪が浮いて見えた。

格好だけならばうだつの上がらないセールスマンなのだが、眼光だけはどことなくギラついていて、とてもじゃないが堅気の人には見えなかった。

「すみません、蘇芳さんはいらっしゃいますか？」

「えっ？　蘇芳先生ですか？」

「あー……自分、こういうものですが」

そう言って、スーツの人はジャケットの内ポケットからなにかを取り出した。黒い手帳には桜紋……警察手帳であった。

茜はそれを凝視する。いくらなんでも、近くに警察署があるのに、下手な詐欺はしないだろう。

「すみません、ちょっと先生にお伺いしてきます」

そう言ってペコンと頭を下げると、慌てて家の中に引き返し、先程までさんざん出版社の人と押し問答していた蘇芳の仕事部屋の戸を叩いた。

「あのう、先生。お仕事中に申し訳ございません。警察と名乗っている方がいらっしゃっているんですけど。どうしましょう？　お通ししますか？　玄関でお話しされますか？」

「おやおや……まあ、今は原稿もきりがいいところだからいいか」

仕事部屋の戸が開いたと思ったら、ひょっこりと蘇芳が出てきた。

そして茜に言う。

「そこに応接室があるだろう？　あそこにお通ししなさい。あと、お茶を淹れてくれたまえよ。持っていくのは私がやるけれど」

「ええっと……私は他の仕事をしていればいいんですかね？」

「まあ、ちょっと副業の話だからねえ。このことはあまり詮索しないでくれたまえよ」

そこでようやく茜は、やはり蘇芳は副業をしていたのかと納得する。

どうして本が出ない小説家なのに、維持費の高い芦屋の家に住めるんだろうと思っていたが、まさか警察と繋がっているなんて。茜は慌てて玄関まで戻ると、戸を開けた。

「大変お待たせしました。どうぞ」

「どうも」

警察の人はぺこりと茜に頭を下げると、茜に付いて応接室へと入った。

不思議なことに、先日からずっと蘇芳邸の家事全般を仰せつかっている茜よりも、よっぽどこの家に慣れているような歩き方だった。視線はちっともさまよわないし、慣れたように、応接室のソファーに腰かけたのだ。

茜はますますわからないという顔で、台所に戻ると茶葉を急須に入れて適温にしたお湯を注ぎ淹れた。

薄緑色のお茶を湯呑に入れていたら、蘇芳がひょこひょこやってきて、お盆に湯呑を載せていく。

「それじゃあ、ちょっと話をしてくるから、北村さんはいつもの仕事に戻ってくれたまえよ。まあ、話が終わるまでは応接室の掃除は控えてくれると嬉しい。田辺さん……警察の人だね、彼が帰ったら掃除をしてくれてもかまわないから」

「ええっと？　はい……」

蘇芳が言うことだけ言って、せかせかと台所を出ていくのを、ただただ茜は呆気に取られて眺めていた。

それから茜は、中庭の掃き掃除を終え、回していた洗濯機の中身を片付ける。ドライ乾燥機付きの洗濯機は、回しておけばあとは畳むだけなのだから、楽なものだ。

本当だったら掃除機をかけてしまいたいところだが、今は応接室で話し合いが行われている。音を立てるのは邪魔になるだろうかと、少し早いが先に昼食の準備に取り掛かることにした。

舞茸を千切り、えのきの石づきを落としてから手でほぐし、朝食の仕度のあとに洗って水に浸けておいたお米と一緒に炊飯器に入れると、冷蔵庫に入れておいたペットボトルの麦茶を注ぎ、醤油、砂糖で味付けして炊きはじめた。

小鍋に出汁パックと水を入れてしばらくしたら出汁パックを取り出す。そこに残しておいたきのこを入れ、味噌を溶く。

次に生姜をすりおろして醬油とみりんを混ぜ、その漬け汁に豚肉を漬けておく。昼食の頃に焼こう。

それぞれの準備を終え、食べる前に温められるようにと算段を整えてから、調理器具を洗いはじめる。まな板と包丁を洗い、使ったボウルを流し台に置いたところで、話し合いが終わったらしく、ふたりが応接室から出てきた。

蘇芳は玄関まで、田辺と呼んでいた警察の人を見送っていく。

「それでは、蘇芳さんよろしくお願いします」

「はいはい」

あまりに軽い口調が耳に入ってきたので、ますますもって茜はわからないと変な顔になる。

見送りを終えた蘇芳は、本当に軽い調子で台所に入ってきた。先程までさんざん出版社の人と妙な問答を繰り広げていたのと同じような様子で。

「おやおや、今日もずいぶんとおいしそうな匂いだね」

「あ、はい。今日は豚肉の生姜焼きというリクエストでしたので、それに合わせて献立を考えましたが……あのう、蘇芳先生の副業って、警察の方と関係あるんですか？」

もし、副業が茜の仕事にも関わるなら、一応は聞いておくべきだろうかと口にした。

「そうだねえ。ああ、さっきの田辺さんは刑事さん」

あまりにも軽く言うので、茜は拍子抜けする。

二時間ドラマで見るような、警察から小説家に事件解決の依頼が来るようなものを考えていたが、こんなに軽く言えるということは、そこまで大事(おおごと)ではないんだろうか。

聞いていいのか考えあぐねている中、蘇芳が言う。

「ああ、それで当分の間、副業に専念しないといけないんだけどねえ。そのために家を空けていることが多くなるから。契約通り、家事は行ってもらうけれど、当分昼食はいらないから、明日からは夕食の準備が終わり次第帰ってくれていいよ」

「ええ……？　わかりました……？」

茜はなにもわかってない癖に、それ以外の返事が思いつかなかった。

この矛盾だらけの小説家を、途方に暮れた顔で見た。

元々仕事で家に籠もりがちだからと、ハウスキーパーを頼んだ癖に本が出ない。その上副業をしている間は外に出ずっぱり。小説家が本業だというのに、これじゃあ副業のほうが本業のように思える。

昼食を済ませたあと、着流し姿でふらりと出かけてしまった蘇芳を見送ってから、茜は首を捻りながら夕食の準備に取り掛かることにした。

これ以上詮索してはいけない。ハウスキーパーが雇い主の事情に首を突っ込むのは、ドラマの中だけで充分だ。

＊　＊　＊

蘇芳が謎の副業にかかりっきりになってから、あれだけ仕事部屋に籠もりっきりだったのが一転。家を空けることが増えてきた。

今までの雇い主も、大概は家を空けている間に家事全般を頼むことが多かったため、それは一向にかまわないのだが、あのヘラヘラしている蘇芳が副業でなにをしているのかはわからないままであった。そういえば蘇芳は、田辺には、出版社の人に対するようなおちょくるような物言いはしていなかったなと今更ながら思い至った。

その日も、茜はスーパーに買い物にやって来た。根野菜はともかく、葉野菜は冷蔵庫に入れても日持ちしないから、使う分を計算して買う量を選ばないといけない。

この一週間の献立を考えながら、キャベツをひと玉買うか、それとも二分の一カットを買うかを考えていたところで、野菜コーナーでたむろしている主婦たちがしゃべっている声が耳に入った。

「最近増えとるねえ、オレオレ詐欺。なにもこんな警察が近くあるとこでやらんでもえ
えのに」
「芦屋やからって金持ちしかおらんって、詐欺グループも思っとるんちゃうのん？　そ
んなことあらへんのに」
「むっちゃ罰当たりやん」
それもそうか、と茜は二分の一カットキャベツをカゴに入れて思う。
関西の中では、芦屋は富裕層の住む街ということで知られているし、実際におしゃれ
な高級フレンチレストランやびっくりするような高級外車が走っているのも目にする。
が、それは珍しいから目につくだけで、実際に街に住んでいる人のほとんどは、一般庶
民なのだ。
おまけに教会も近くにあるし、寺の会館も芦屋川に沿って歩けばすぐそこにある。そ
んなところで詐欺が横行するなんて、たしかに罰当たりだ。そう思いながら肉コーナー
に進もうとしたら、先程の声の大きな主婦たちが言う。
「あと最近。ボヤ騒ぎ多ない？」
「あー……夜とかむっちゃサイレンで起こされるしなあ。今、梅雨の時期で乾燥もして
ないやろう？　付け火ちゃうんとか話流れてきて」

「怖いなあ……事件でも起こっとるん？」

そう噂しているのを耳にしながら、茜は肉コーナーに行き、鶏肉を物色しはじめる。

たしかに、自分も変だと思っていた。冬だったら空気が乾いているのだから、火事は起こりやすい。ましてやこの辺りは昭和の名残のような古い家屋も多いのだから、不慮の事故だって起こりえるだろうが。でも今は六月だ。果たしてこんな湿気の多い時期に、火事が続くことはありえるんだろうか。

茜は溜息をついた。考えてもしょうがないし、ボヤ騒ぎをどうこうする力はないのだから、雇い主の家が燃えないよう戸締まりと火の始末をしっかりするよう努める以外、できることがない。

今日は野菜たっぷりの鶏の南蛮漬けをつくり置きしておき、味噌汁だけ温めて飲めるようにしておけばいいだろう。この時期は本当に食べるものに困る。暑いからと冷たいものばかり出してもお腹が緩くなってしまうし、熱いものだけだと食欲が湧かない。おまけに食べ物が傷みやすい季節だから、傷まない調理方法を考え続けないといけない。

あれこれ算段を付けて、レジへと並ぶ。並んでいる中、店員が掲示板にポスターを貼っているのが目に入った。

【火の扱いに気をつけましょう。最近、火事が増えていますので、戸締まり、火の始末

はしっかりと！】

キラキラとした色使いのポスターは、地元の消防署から届いたものだった。

今日はせっかくの梅雨の中休みだというのに、そんなポスターを見たら憂鬱になってしまうと、茜は少しだけ口を尖らせた。

昼食は蘇芳はいらないと言っていたので、蘇芳宅に帰った茜は夕食の準備にとりかかる。ひと口大に切って片栗粉をまぶした鶏を揚げて、千切りにした野菜と一緒に漬け汁に漬け込んだ南蛮漬け。キャベツと豆腐の味噌汁を冷蔵庫に入れ、夕食のメモをテーブルに残しておく。

ご飯は炊飯器にまだ朝の残りがあるから問題ないだろう。

いつも以上に念入りに火の始末、ガス栓のチェックをしてから、ようやく茜は帰り支度をはじめた。

帰るとはいっても、料理以外はほとんど無趣味に近い。いつもよりも早く仕事が終わった茜は、余った時間をどうしたものかと考え。

そういえば、と気付く。

せっかく芦屋で働いているのだから、せめてJR芦屋駅まで足を延ばせば、有名なホテル竹園芦屋（たけぞのあしや）のコロッケでも買えるんだが、蘇芳宅からはどうやってJR芦屋駅に行けばいいのだろう。阪神芦屋駅からだと、距離がある上に線路も全く見えないから見当も付かない。

一応阪神芦屋駅の前のバス停から、ＪＲ芦屋駅行きのバスも出ていることには出ているはずだが、初日にバスを乗り間違えていつまで経っても目的地に辿り着かない恐怖を覚えてから、茜は芦屋でバスに乗るのが苦手になっている。

結局は、勇気を出して、スマホの地図とにらめっこしながら、歩いてＪＲ芦屋駅へと向かうことにしたのだが。

――これが、吉と出たのか凶と出たのかはわからない。

＊　＊　＊

橋の上を歩くと、下に線路が見える。

意外と線路をこうやって見下ろす機会はないため、橋に描かれている桜の模様も相まって、ずいぶんと趣があるような気がする。

昼下がりで、既にランチタイムも過ぎ、学生の登下校にはやや早過ぎる時間なため、道には人っ子ひとりいない。茜は物珍しく辺りを見ながら、スマホの地図を確認する。

橋を渡りきれば商店街に差し掛かり、商店街を超えた先にJR芦屋駅がある。あと少しで商店街に続く小道につくというとき。

……プスプスという音と、なにかが焦げるにおいがすることに気が付いた。

「え……？」

最初は、どこかの家で昼食に肉を焼いているんだろうかと思ったが、それにしては炭っぽいにおいが強いし、カサカサと紙がこすれるような音が聞こえる。

……火事だ。商店街近くの民家が、燃えているのである。

「えっ……ええっ……」

茜はうろたえて、スマホを落としてしまったものの、電話をしないといと思い直して拾い上げる。でも頭が真っ白になり、どうしても消防の電話番号を思い出せない。

１１０……警察。消防……思い出せない。三桁だったはずなのに。

今は周りに人がいない以上、茜がどうにかしないと、ここの家は燃えてしまうのに。

焦り過ぎて、なにもできないでスマホの画面を見ていると。

「こういうときは、せめて大声でも上げたほうがいいと思うけどねえ」

このところまともに聞いてなかった、捉えどころのない声が耳に響いた。

いつものように着流しを着て、下駄を履いた蘇芳の姿があった。

今までどこにいたんだとか、いったいどこをほっつき歩いていたんだとか、そもそも今やっている副業とはいったいなんなのかとか、いろいろ聞きたいことがあったはずなのに、知っている顔を見た途端、茜はへなへなとその場に座り込んでしまった。

蘇芳は炎を見る。家がメラメラと燃えているにもかかわらず、動じる気配がない。

「ふむ……ずいぶんと言禍(げんか)の主もお怒りのようだけど、全く関係ない北村さんまで脅えさせちゃ駄目だね。さっさと対処しないと」

そうぶつぶつ言いながら、懐からなにかを取り出した。

一冊の本である。それを開くと炎に向かって広げる。茜には、その本が表紙も裏表紙も、中身すらも、なにも書かれてないように見えた。そもそも、火事の現場で本を広げてどうするのか。

茜が座り込んだまま呆然としていたら、蘇芳はのんびりと笑う。

「今から起きることは信じられないかもしれないけれど、本当のことだよ」

そう言ったと思ったら、彼の広げた本に、炎がしゅるしゅると入っていくのが見えた。

「え……ええ……？」

炎が本に吸い込まれていく。まるで和紙に墨汁が染み込んでいくように、本の紙面を燃やすことなく、あっという間に炎が飲み込まれていったのだ。

プスプスと建物を焦がしたにおいと黒焦げた跡は残ったものの、炎だけは完全に消えてしまった。茜は、唖然とする。

「あ、あのう……蘇芳先生。先生って、いったい……？」

「私かい？　副業で言霊遣い（ことだまつか）をしているのだけれど」

「こ、とだま……？」

言霊。聞いたことがあるようなないようなだが、茜も詳しいことはわからない。

蘇芳は先程の本を懐にしまい込むと、自身のスマホで連絡をした。

「もしもし、言禍で燃えた家を発見。場所は……」

電話を終えると、腰を抜かしたままの茜に手を貸し、立ち上がらせる。

「腰を抜かしていたようだけれど、北村さんはどうする？　駅まで送るかい？　先程おかしなものを見せたお詫びに、なにかをご馳走してもかまわないけれど、どうする？」

「えっと……ちょっと、座れる場所に行って落ち着いたら、帰れると思います……すみません」

「謝る必要もないと思うけどねえ。まあ、いいか。ここからだったら阪急（はんきゅう）かな。そこまで歩けるかい？」

「あ、はい……」

口ではそう言うものの、茜は完全に腰が抜けてしまって、支えてもらわなかったら歩くどころか、立つことさえ困難だ。

ひょろひょろしていると思っていたが、存外しっかりとした体幹の蘇芳にエスコートされるまま、頭の中にクエスチョンマークを浮かべながら、茜は蘇芳に付いて行った。

阪急芦屋川（あしやがわ）駅の付近は、老舗の店と今風のおしゃれなカフェなどが混在した街となっている。

蘇芳の選んだこのカフェはクレープとスコーン中心の店で、バターとミルクの甘い匂いが店内を漂い、その匂いが少なからず茜を落ち着かせた。

クレープとミルクティーのセットをそれぞれ頼んだところで、「さて」と蘇芳が切り出す。

「先程はすまなかったねえ。北村さんには家のことだけを頼むつもりだったから、副業に関わらせるつもりはなかったんだけれど」

「い、いえ……！　私のほうこそ、ありがとうございます……目の前の火事で動転しましたし、その……蘇芳先生が消してくださらなかったら、どうなってたのか……で、でも……どうやって消したんですか……？」

店内では、ひと足早く三時のおやつを楽しむ主婦層の和やかな笑い声が聞こえてくる。

着流しの男性と気の弱そうな女性のふたり連れがいても、見向きもしない。

それを心得ているのだろう。蘇芳は茜の言葉に「ううん」と軽く首を振る。

「あれが言禍だったたから私の手持ちの本で吸収できたのであって、普通の火事だったら、さっさと消防車を呼んでいたと思うよ」

「あの……先程もおっしゃっていましたけど……そもそも蘇芳先生は……副業をなさってたんですよね……？」

上手く言葉が出てこず、茜はごにょごにょと口を動かして、テーブルに視線を落とす。

蘇芳はそれを急かすことはしない。

「疑問はいろいろあるだろうけど、わざわざひとつにまとめなくてもいいよ。私が答えられる範囲ならば、答えるから」

その言葉に茜はほっとした。

彼女は声が小さい上に、しゃべるのがとことん下手だ。そもそも声が小さ過ぎて、いつも「なんて？」と聞かれてしまい、余計に委縮してしゃべれなくなってしまう。その上、しゃべるときに緊張し過ぎて要領を得た言葉が出てこないせいで、ますますしゃべることが苦手になるという悪循環だった。

「あ、ありがとうございます……そもそも、言霊遣いってなんですか？　言霊っていうのも、わからないんですが」

「ああ、そこからかあ……まあ、言霊っていうのは最近だったらあまり使わない言葉かな……わかった。最初から説明しよう」

言っている間に、店員が「お待たせしました、カスタードクリームのクレープと、ミルクティーです」とふたりのテーブルに頼んだものを並べてくれた。

「食べながらでいいから、聞いてくれたまえ」

蘇芳は紅茶にミルクを入れてぐるりと混ぜてから、話をはじめた。

「元々、昔から言葉には力が宿るとされていた。だから名付けのときには慎重になるし、一部の言葉は禍言(まがごと)と呼ばれて、なるべく使わないよう努めてきた。でもねえ……」

茜はクレープにナイフとフォークを入れて小さく切り、それを口に入れる。カスタードクリームの優しい味が、自分を落ち着けてくれるように思えた。

蘇芳もまた、クレープを少し口にしてから、話を続ける。

「どんな言葉でも使い続けると、どうしても力が宿ってしまうんだよ。嘘も三回以上つき続けていたら、脳に定着してしまい、その嘘を本当のように思い込んでしまう。虚言症なんかがそれに当たるね。それが自分自身にだけだったらいいけれど、たまにあるんだよ」

そう言いながら、蘇芳が先程懐に収めた本を取り出す。

表紙も背表紙も中身すら真っ白だったはずなのに、なにかが描かれているように見える。あの火事を吸い込んだせいだろうか。焦げたのかと一瞬思ったが、そこにはくっきりと絵が浮かんでいた。

「何気なく使った言葉が、こうして具現化して騒ぎを起こしてしまうことがねえ。その力を持って暴走した言霊のことを、言禍と呼んでいる。これらはいわば超常現象の類だからねえ。警察だと対処できないから、私みたいなのが言霊の起こした騒ぎの収拾を依頼されるんだよ」

「言霊が、騒ぎを……さっきの火事も、ですか？」

蘇芳は頷く。そしてひょいと手にしていた本を見せてくれた。

そこには、昔ながらの手書き風のイラストで、薪を背負ったたぬきと、たぬきの背負った薪に火を付けているうさぎが描かれている。

『かちかち山』は幼稚園時代に、絵本で読んだ記憶がある。

「えっと……さっきの騒動は言禍が原因で起こったっていうところまでは理解できましたけど……蘇芳先生が言霊遣いで、事件の収拾を行っているっていうのは？　あと、この本は……？」

「言霊使いにもいろいろいてねえ。歌を詠んで言禍を調伏するタイプ、小説にして鎮魂するタイプ。そして私の場合は言霊を本に閉じ込めることで捜査を行うタイプなんだよ」

「本に閉じ込めて捜査って……」

「私もそこそこ本を読んでいるからねえ。私の知識を元に、言霊を本に閉じ込めることで、言霊の物語を読み解く。その言霊が起こした事件にもそれぞれ理由があるから、その物語を元に事件の捜査をしてるんだよ」

「つまりは……今までのボヤはただの火事ではなくて……その事件のヒントが『かちかち山』なんですか……？」

茜はポカンとする。それに蘇芳は頷く。

「一応本に描かれた絵だけで、わかることもあるよ。この事件の概要は復讐なんだろうさ……さて、これから私は伝手のところに行って、絵本の内容を元に捜査の手伝いをしてもらおうと思うけど、君はどうするかい？　お茶を終えたら、駅まで送ろうか？」

「い、いえ……」

茜は首を振る。

これは蘇芳の副業であり、本来茜の仕事にはなんら関わりがない話だ。

このままクレープとミルクティーを食べ終えたら、お金を払って帰ればいい……ホテル竹園のコロッケを買えなかったのだけは、少しだけ残念だが。

でも、見てしまったのだ。たまたま茜が通りかかった場所で、家が燃えていたのを。

ただでさえ、芦屋では今、ボヤ騒ぎが横行している。復讐というのはわからないがこれを放置して、こんな綺麗な街並みが燃えてしまうのは、あまりにも惜しいと思ってしまった。

「あの……私にお手伝いできることは、ありませんか?」

その言葉に、蘇芳はずいぶんと意外そうな顔をして、茜を見た。

茜は気が弱く、声が小さく、ついでに度胸もない。家事ができるだけの、普通のハウスキーパーである。ただ数日通っただけで、すっかりと芦屋の街並みを気に入っただけだ。

蘇芳は茜の申し出を、じっと聞いているので、茜はおずおずと足りない言葉を重ねる。

「えっと……綺麗な街なんで、燃えたらもったいないと、思っただけで……」

「まあ、この街にはボコボコと文化財もあるし、燃えたらもう修復もできないだろうしねえ……もし私が身動きが取れないときに、お使いを頼むくらいだったら問題ないかな。じゃあ、食べ終えたら行こうか。よくも悪くも、北村さんがボヤの段階で見つけてくれたおかげで、本にはっきりと言霊を転写できたんだから」

蘇芳はそう言って、クレープを切って食べはじめた。それを見て、慌てて茜もそれにならってクレープを食べ、ミルクティーを飲んだ。

さっき火事を見たショックで腰が抜けて力が入らなくなっていた手足に、活力が戻っていく。ミルクを入れてもなお、香りを主張するブレンドティーとカスタードクリームの甘さは相性がよく、元気になったところで、伝票を手に取ろうとしたら、ひと足早く食べ終えた蘇芳が伝票を手に立ち上がって会計に向かう。

「は、半分支払います」

「いやいいよ。北村さんには仕事外で付き合ってもらっているのに、申し訳ないからねえ」

「で、ですけど……」

「私も北村さんにハウスキーパーを頼んでずいぶんと助かってるけど、君に給料が振り込まれるのは月末だろう？　これはただのチップだと思ってくれたまえよ」

結局茜は蘇芳に押し切られてしまい、財布を出せず終いだった。

カフェを出たふたりはバスに乗ると、そのまま揺られていく。

降りたのは、昭和の雰囲気が未だに残っているような、ずいぶん古めかしい街並みにある停留所だった。蘇芳の家もまた、昔ながらの瓦葺きではあるが、蘇芳宅よりもこぢんまりとした家が並んでいる。

「まあ……」

特に暮らしたことはなくても、懐かしいと思ってしまうのは、本当にどこかで見たことがあるような街並みだからだろう。茜がポカンとしていると、蘇芳がのんびりと先を歩きながら言う。

「芦屋にも結構昔ながらの場所は残っているよ。文化財ばかりが目立つし、海側は結構開発が進んでいるけどね」

「そうなんですか？」

「なにぶん芦屋は街並みの保存というのに積極的だからね。開発にもいろいろ基準があるんだよ。さあ、着いた」

蘇芳の話に耳を傾けている間に辿り着いた場所を見て、ますます茜は困惑した。

そこは、ずいぶんと古めかしいアパートであった。昔ながらの二階建てのアパートで、錆びついた外階段と手すりが否が応でも目に入る。

「あのう……ここはいったい？」

「いつも調べ物をしてもらっている知り合いがいてね。ああ……北村さん驚くかもしれないけれど、ときどきお使いに来てもらうかもしれないから、今回は顔合わせくらいに思ってくれればいいよ」

「わかりました」

言霊遣いの仕事を手伝っているということは、その人もまた言霊遣いなんだろうか。そう思っていると、蘇芳が一階の角部屋のチャイムを鳴らす。

「こんにちは、蘇芳だけれど。今日は助手の子も連れてきたよ」

そう言うと、アパートのドアが軋んだ音を立てて開いた。ブオンという音が、部屋の中から響く。

家主は分厚いレンズのメガネをかけた、梅雨の季節柄か癖毛が爆発してしまっている年齢不詳の男性だった。茜と同年代にも見えるが、蘇芳と年が近いのだったら三十代半ばなんだろうか。Tシャツとジーンズというラフな格好の人が、びっくりしたように目を見開いた。

「お、女の子……す、蘇芳さ、俺、女の子は駄目って言ったでしょ!?」

視線が茜を通り過ぎて、蘇芳に抗議する。茜はどうしようと蘇芳を見上げると、蘇芳は肩を竦める。

「うちで雇ったハウスキーパーの子だよ。目撃情報があるから、それを元に調べてほしいだけだよ」

「あ、ああ……目撃者……それ、なら……」

つっかえつっかえな口調ながらも、家へと上げてくれた。

ブオンという音の正体は、まだ六月だというのにガンガンにかけている冷房の空調音だとわかった。部屋の中は毛羽だった畳張りで、その上に旧式のパソコンが何台も並んでいる。

「あのう……この方は？」

「早瀬くん。本職はプログラマーなんだけれど、ときどきこちらの副業を手伝ってもらっているんだよ。彼、女性としゃべるのが苦手なだけで、別に嫌いな訳じゃない、距離を取っていたら普通に会話くらいできるから、あまり気にする必要はないよ」

「はあ……」

言霊遣いとプログラマー。そのふたつが全然結びつかず、茜がきょとんとしていると、早瀬は「適当に座ってください」と薄い座布団を持ってきてくれた。

早瀬は「頼まれてたもん調べておきましたよー」とモニターのひとつになにかを映し出した。そこには【この記事は既に削除されています】の文字と一緒に、なにかの記事が表示されている。

「あのう……これは？」

「彼にね、ネットで削除された記事の発掘をしてもらっていたんだよ。なにぶん素人だと時間がかかるからね」

「まあ……ボランティアじゃなくって、ちゃんともらうもんもらってるんすけどねえ」

「アカウント情報自体は警察や裁判所が動かなかったら得ることは難しいんだけれど、削除されたものでも、記事だけだったら発掘してもらったら出てくるからねえ」

なるほど、と茜は思う。

モニターに映っているのは、誰かのＳＮＳの書き込みのようだ。

「これが最近芦屋で発生していたオレオレ詐欺の情報です。さすがに六麓荘に住んでいるような富豪には手を出さなかったみたいっすけど、ちょい金持ちっていうのは麓に結構いますからねえ。そういう人たちを引っ掛けて相当稼いでいたみたいっすねえ。で、詐欺に遭った被害者や被害者家族が情報提供を呼び掛けていたみたいです」

早瀬は得意分野なら女性の前でもしゃべれるらしく、キーボードを叩き、マウスをクリックしながら画面をスクロールしてくれる。

どれもこれも、オレオレ詐欺への憤りや怒りが、ネットスラング混じりで書かれている。それを見ながらふと疑問が湧く。

「あのう……オレオレ詐欺の話は、私も買い物してたときに耳にしたんですけど。そんな事件の書き込みがどうして削除されてしまったんでしょう？　困ってらっしゃる方もいますよね？」

「ひとつは、アカウント自体を削除されたから。このアカウントは不適切って通報が一定数集まったらアカウントが凍結されてしまうから。もうひとつは、犯人が不起訴で終わったから」

「え……！　不起訴って……」

早瀬は別のモニターに新聞記事を上げる。地方欄に『オレオレ詐欺グループ不起訴。証拠不十分につき』という見出しの記事が載っている。

「日本は法治国家ですからねえ。証拠が不十分だったら起訴できない。状況証拠でどれだけ黒くてもね。芦屋のほうにいる詐欺グループも孫請けとかひ孫請けとかで、犯行を立証しきれなかったんですよねえ。そりゃ被害者は恨むと思うっす」

「でもねえ……犯人は恨んでしかるべきだけれど、私刑は駄目さ」

被害者に同情気味の早瀬に対して、蘇芳はばっさりと言い切る。

「起訴できないからって、ネットでそのことを不服に思う旨を綴る。そこまでならまだいいけれど、義憤に駆られてそれ以上のことをしてはいけない。ほら、アカウント削除の原因」

蘇芳が指さした画面を見て、茜は言葉を失う。

私のおばあちゃんが年金を全てオレオレ詐欺のグループに奪われました。

なにかひとつでもいいのです。このグループの情報を教えてください】

【募集：犯人情報！

容疑者と思われる男たちの顔写真と一緒に書かれた投稿に、嘘なのか本当なのかわからない情報が次々と書き込まれている。なかには明らかに個人情報保護法に引っかかりそうな住所や職場情報まで書き込まれている。

一部には【いくらなんでもやり過ぎ】【興信所とか金かけて調べたほうがいい】といった忠告などもあったが、それらは被害者に同情する罵声で押し流されてしまっている。

早瀬は「まあ、そうっすねえ……」とキーボードを打つ。

「一度ネットに書いた情報って、どう加工されるかわからないし、中にはそれらが悪用される場合もある。悪人には天誅をっていうのは、どこにでもある話ですからねえ。この募集にコメントされた情報の一部は、詐欺グループとたまたま同姓同名だった別人のものでしたしねー。消しても漁れば出てきちゃうし、一部のセンセーショナルな書き込みは消す前に保存されちゃいますからねえ……現に自分も発掘できちゃってますから。

本当、取り扱い注意なんすよ」

「そんな……」

茜は画面を埋める情報の濁流に気分が悪くなって、肩を落とす。

元々SNSであれこれと書く趣味がないため、いきなり善意とも悪意とも取れる情報を大量に見て、くたびれてしまったのだ。

そんな茜の様子を見て、蘇芳が溜息をつく。

「すまないねえ、北村さん。この手のものは苦手だったかい？」

「……びっくりしました。こんなことをしている人たちがいるんだって、本当に全然知らなくって」

「うーん」

早瀬は画面に映した情報のファイルを整理すると、それらをフォルダーに入れて、メールに添付して送信してから、モニターに映った記事をひとつひとつ消していった。

「普通ねえ、こういう人の悪意を含んだものって、長時間見ていられないものだから、それが当たり前だと思うけど。ええっと……北村さん？　君みたいな反応が普通だと思う。もしそういうものをずっと読んでいたら、メンタルとかどんどん変調しちゃうから。怖いもの見たさで見るもんじゃないから、ほどほどがいいと思うっすよ。たしかにこの話はあんまりいい話じゃないし」

　女性は苦手らしいが、どうも慰めてくれているらしかった。そんな早瀬に、茜はぺこんと頭を下げると、早瀬は顔を赤くして視線を逸らしてしまった。本当に、得意分野でなければ女性とまともにしゃべれないらしい。

　茜がしゅんとしている間も、座布団で正座している蘇芳は、どこまでいっても冷静であった。

「で、話を戻すけれど。私が送ったボヤ現場の住所と一致したかい？」

「あ……」

　元々、蘇芳が早瀬に頼んでいたのは、言禍が起こした騒動の収拾の手伝いであった。

　早瀬は「さっきも蘇芳さんのところにメール送っておきましたけどねえ」と言いながら、地図ソフトを広げる。

　地図ソフトに赤い点がいくつもあり、そのひとつを見て茜は驚く。ちょうど茜が火事に遭遇した橋の近くが載っている。

「あ、あの……あそこ、さっきの火事の現場……」

「おっ。じゃあこれでばっちり一致してますね。これ、ネット上から削除された情報の募集投稿に記入されていた容疑者たちの住所と、ここ最近火事が起こった場所と、全部ぴったり一致してんですよねえ」

「やっぱりか……」

　そう言いながら、蘇芳は持ってきた先程の本をめくった。茜は「あのう……」とおずおずと聞く。

「私、『かちかち山』の話って、うろ覚えなんですが……先程蘇芳先生はこの話は復讐譚だっておっしゃってましたけど……？」

「ああ。年代ごとに話の内容も若干修正されていっているけど、大まかな話はこうだよ」

　蘇芳はぺらりと本をめくる。

「おじいさんとおばあさんが持っている畑を、たぬきがたびたび荒らしていた。怒ったおじいさんは罠を仕掛けてたぬきを捕まえたけれど、たぬきは狡猾だった。おじいさんが少し家を留守にしたところでおばあさんに『もう悪さはしないから助けて』とすり寄り、同情したおばあさんがたぬきの罠を外したら、たぬきはおばあさんを傷付けてそのまま逃げてしまった。おばあさんを傷付けられたおじいさんが悲しんでいるのを見て、老夫婦と仲のいいうさぎが、おじいさんに代わって敵討ちをするという話だね。その敵討ちの手段のひとつが、たぬきの背中に火をつけるというものだけど」

　話の概要は知っていたが、改めて聞くと子供向けにしては残酷な話である。

恩を仇で返したたぬきを、うさぎがとっちめるというのは爽快感があるが……その手段を聞くと、とてもじゃないがよかったとは言えない。

少し気分が悪くなったところで、ふと茜は気付く。

「あの……言禍は、言霊が力を持って暴走した……ものでしたよね？　先程のネットの書き込みと、ボヤの位置が一致しているということは……」

「言禍を引き起こした犯人は、おそらく。このアカウントを削除された人だろうね」

「さすがにアカウント特定は警察や裁判所の仕事ですから、俺ができるのはここまでっすよー」

「わかっているよ。今回もありがとう。あとのことは警察に任せるさ」

蘇芳が封筒を渡すと、早瀬はそれをうやうやしく手に取って頭を下げる。情報提供料というものなんだろうか、と茜はぼんやり思ったところで、立ち上がった蘇芳に慌てて付いて行った。

アパートを出ると、再びバス停に立って、バスを待つ。

「あ、あのう……犯人の目星は付きましたけど……このあとはどうなさるんですか？」

蘇芳の力は、あくまで事件のあらましを推測するのに役立つだけで、根本的な解決はできない。でもこのまま言禍の騒動が続いたら、またもボヤが起こるだろう。

先程の書き込みだって、完全に正しい情報ではないというのに、詐欺グループの家だと疑惑を持たれた場所が、また燃えてしまう。

茜が身震いしていると、蘇芳は「そうだねえ」と頷いた。

「たしかに、私は言禍を本に封印する、それを元に犯人を推測特定する。そこまではできるけど、根本的な問題、犯人を取り締まる力はない。もちろん、これは一種の超常現象だから、当然正式な証拠にもならないからね。警察の権限をもってしても、逮捕するには至らない」

「だったら……どうやって収拾を？」

「人間ねえ、自分で自分の言葉の力に気付くことってできないんだよ。だいたいの人は、自分の言葉の影響なんてたかが知れていると思い込んでいる。著名人有名人でもない限り、どんなにきつい言葉を吐き出しても、大したことがないと高をくくっているから」

しみじみとした口調で言う蘇芳の言葉に、茜は耳を傾ける。「でもねえ」と蘇芳は続ける。

「言葉は一度発してしまったら、もう自分のものではなくなってしまうんだよ。自分の言葉がいつブーメランになって返ってくるのかは誰もわからない。言禍に転じてしまったものだったら尚更さ。制御することは不可能なんだよ」

そう一旦話を区切ると、蘇芳は自身のスマホを取り出した。スマホで地図を開いて覗き込む。

「早瀬くんのおかげで次の現場もわかった。そちらに行こうか」

「それは……？」

「早瀬くんがメールで送ってくれた地図だね……削除された記事に挙げられていた住所にある建物が、次々と火事になっている。もう残りの場所もわずかだからね。次で捕まえられるといいんだけれど」

「でも……そのボヤ騒ぎを起こしている人は、そこにいるんでしょうか……？」

「罰が当たっている現場は、見に行きたいものだと思うよ。ほら、バスが来た」

蘇芳に急かされ、茜も乗り込む。

バスに揺られながら、街並みをじっくりと見る。古めかしい懐かしい街並みからあっという間に離れ、再び松並木が見えてくる。

この街並みが燃えてしまうのは悲しいと茜は思う。そして被害者であり加害者である人が、今もまだ義憤に駆られているのかと思うと、やり切れなかった。

＊　＊　＊

柿沼みかは、正義感の強い高校生である。

財布を拾ったらすぐに交番に届けるし、バスや電車で立っているお年寄りや妊婦にはすぐ席を譲る、ごくごく普通に親切な人間だ。

だからこそ、悪いことをしていない人が悪人に踏みにじられることに納得がいかなかった。

「……不起訴って！」

「そうなの、みかちゃん。証拠不十分ですって」

自分のおばあちゃんがオレオレ詐欺に騙され、貯金のほとんどを持っていかれてしまったときも、当然ながら憤って、犯人探しに躍起になった。

【私刑は止めたほうがいいですよ】

【これ以上は捜査の邪魔になるんじゃ】

【出てる情報が嘘か本当かわからないから、拡散したらあかん】

犯人探しのために立ち上げたＳＮＳのアカウントには、一部ノイズが混ざってしまい、内容を精査するのに時間がかかってしまったが、集まった情報を元に、犯人と思われる人物たちの住所をひとつひとつ検索して調べていった。

もしこの中におばあちゃんの年金を持って行ってしまった犯人がいたら。

ギリ……ッと歯を鳴らしたものの。

その日も情報を集めようとアカウントを覗き込んだら、【このアカウントは凍結されました】の短い文章が表示されていた。

「え、嘘……！」

何度リロードしても結果は同じ。

停止された理由を見てみたが、個人情報保護がどうのこうのと書かれていた。

なんで、どうして。おばあちゃんは、なにも悪いことをしてないのに。

騙されるほうが悪いの？　騙すほうが悪いに決まっているでしょ。

許さない。許さない許さない。許さない……！

幼い正義感だと嘲笑するのは簡単だ。拙い方法だったと指摘するのはもっともだ。

だが。被害者になったほうからしてみれば「よくある話」と一蹴されることが、一番納得がいかないことだ。

それからしばらくして。突然、みかの周りで不思議なことが起こったのだ。

その日、学校帰りに火事に遭遇した。そこはSNSのアカウントを削除される前に地図を印刷してあった、オレオレ詐欺グループの活動拠点じゃないかとされていた場所だった。

一件だけだったら、それはただの不幸な事故だったが、それが二件、三件も続いたら、だんだんみかはその不思議なことが、奇蹟に思えてきた。

神様が、力を貸してくれたんだ。悪い人たちに、天罰が下ったんだ……！

だんだんだんだん、消防車のサイレンを怖いものと思えなくなってきていた。誰かが助けてくれていると、快感すら見出すようになってきていた。

だからこそ、今度はその奇蹟の現場を見に行きたいと、次に火事が起こるだろう場所に足を運んだのだった。

公立高校の制服のプリーツスカートをはためかせながら、マンションが並ぶ新興住宅地を歩く。どこもかしこも同じような棟が建ち並ぶ中、真っ直ぐにその内の一棟へと向かっていると。

「止めたほうがいい」

低い男性の声がして、みかは驚いて立ち止まった。

声の主の着流しに下駄を転がしている姿は、いささか時代錯誤に見えた。おまけに連れ添っている小柄な女性は小さく縮こまっていて、恋人同士というよりも、道楽趣味の富豪と使用人の関係に見えた。

「……誰ですか？」

「あー……探偵の真似事をしているだけの人間だよ。君からずいぶんときつい言禍の気配を感じてね、簡単に見つけることができてしまった。これ以上は本当に止めたほうがいい。警察も馬鹿ではないから、ボヤの跡の捜査から、オレオレ詐欺グループの証拠を拾い集めつつある。だから、これ以上私刑を続けるのはよろしくない。あとのことは、警察に任せなさい」

　みかには、男性の言葉の意味を半分も理解ができなかった。

　どうもこの男性は、みかがオレオレ詐欺の犯人たちを憎んでいることを知っているらしかったが。なにを今更という感想以外出てこない。

「訳がわかりませんし、私、なにもしていません」

「だろうねえ」

「だいたい、どうしてなにもしてない人が損をして、悪いことしている人は捕まらないんですか。そのままずっと刑務所に入ってくれててもいいのに……！」

　だんだんみかの体温が上がってきた。

湿気が多く汗ばむ季節だが、急に気温が上がった訳ではない。

「……犯人が今も、のうのうと生活しているのが許せないんです。おばあちゃんも本当に困ってるから警察に助けを求めたのに、それでもいろいろ理屈を捏ねられるだけでお金は返ってこないし、犯人は罪にも問われない……！　だからあいつらには天罰が下るんです。それの、なにがいけないんですか……！」

「……ああ、もちろん。君の気持ちは尊いものさ。強きをくじき弱きを助けるは、理想的な生き方だ。でもね」

そのとき、ようやくみかは焦げ臭い匂いがすることに気が付いた。男性は懐からなにやら取り出す。

「……やり方を考えたほうがいい。言祸が最初に食らうのは、行使した本人なのだから」

自分の髪が。制服が。燃えているのだ。

体の水分という水分が蒸発してしまうような感覚に陥り、みかは悲鳴を発しようとするも、喉が渇いてしまって声が出ない。

熱い、熱い、熱い、熱い！

痛い、痛い、痛い、痛い……！

「す、蘇芳先生……！」

男性に向けて悲鳴を上げる連れの女性に反して、男性は冷静に懐から取り出した本を広げる。広げた真っ白な本がみかに向けられたかと思ったら、みかに纏わりついている炎が、徐々に紙面に吸い込まれていく。

あれだけ体に纏わりついていた熱がみるみるうちに奪われ、みかの体はふらつき、そのままアスファルトの道に座り込んでしまった。

火が付いたと思っていた服も髪も、燃えることなく、元のままだが、体から水分だけが抜けきってしまったようで、ひどく喉が渇いている。

本をパタンと閉じた男性は、座り込んだみかに視線を合わせるようにして腰を屈めた。

「正義感が強いっていうのは、もちろん美徳なんだよ。君が家族の被害を憂い、犯人の手掛かりとなる情報を募集した……そこまでだったらなにも悪くないさ。でもね、皆が皆、君を応援してくれている訳ではないんだよ」

みかは男性に本を押し付けられた。表紙には燃える薪束を背負ったたぬきの絵が描かれている……昔保育園で読んだことのある『かちかち山』の本であった。

「君の言葉は強い力を持って、詐欺の犯人だけでなく君自身までも傷付けようとした。今回の言禍の暴走では、私が間に合ったからよかったけれど、ゆめゆめ忘れないようになさい。言葉が暴走した場合、行使した本人にすら手に負えない場合があるということとを」

そのあと男性は「北村さん」と女性を呼んだ。女性は慌てて持っていたカートからペットボトルを一本取り出すと、それをみかに差し出した。

「熱かったでしょう？　麦茶、です……」

「……ありがとうございます」

「大丈夫ですか？　その、火傷(やけど)とかは……」

「あ、それはないです」

頭の中がぐちゃぐちゃしていて、みかにはさっきまでの出来事が上手く咀嚼(そしゃく)できない。天罰だ、詐欺をしたほうが悪いんだから天罰が下ればいい。ずっとそう思い続けていたら、詐欺グループの家ではなく、自分自身が燃えようとしていた。

ただネットで情報を集めていただけだったはずなのに、いったいどこでどう間違えてしまったのか、自分自身が悪かったから燃えたのかもわからないが。

全く関係ないはずの人に、火傷していないか心配された上、その人から差し出されたペットボトルの麦茶が、やけにおいしく感じられたのだ。

＊　＊　＊

バスに乗って、ようやく阪神芦屋駅前まで戻ってきた。

通勤で通い慣れた道が見えてきて、少なからず茜はほっとする。時間がすっかり潰れてしまい、既に日が傾きかけてしまっているが。

一緒にバスを降りた蘇芳がぺこりと頭を下げる。

「今回は付き合わせて悪かったね。それじゃあ、私は警察に寄ってから家に帰るけれど。北村さんは、目的地に行くかい？　帰るかい？」

結局ＪＲ芦屋駅まで辿り着くことができず、ホテル竹園のコロッケを買いに行くことは叶わなかった。茜は口内で「あう……」と言いつつ、微笑む。

「えっと……今日は諦めます。また明日の仕事帰りにでも行ってみます」

「そうか。まあ、今回みたいに警察に頼まれて捜査っていうケースは滅多にないけれど、ときどき副業の依頼が入ることがあるから。北村さんに迷惑をかけることもあるかもしれないけれど、よろしく」

「あ……はい。わかりました」

「うん。それじゃあ、気を付けて帰るんだよ」

のんびりと下駄を転がしながら去っていく蘇芳に、茜は頭を下げ、駅へと向かった。

今日一日は、本当に不思議な日だった。

思いつきで帰り道を変えただけだったのに、ボヤ騒ぎに遭遇したと思ったら、あれよあれよという間に、蘇芳の副業や、言禍というものの怖さに立ち会ってしまった。あの高校生の女の子は、ちゃんと立ち直れたらいいけれどと、そう思わずにはいられない。

茜はカラカラとカートを引きながら、駅へと向かっていく中。ふとなにかが飛んできて、顔にぶつかったことに気付いた。

「ふぎゅ……ええ……？」

彼女の頬をはたいたのは、ふっくらとした赤い花びらだった。花びらからする芳香は、バラのもののように思える。

今は六月で、バラの季節からは若干ずれている。この辺りには民家もなければ、花屋も一軒もない。

いったい、どこからこの花びらは飛んできたんだろう。茜は夕焼けが迫る空の下、途方に暮れてもう一度辺りを見回したが、答えは見つからなかった。

オオカミ少年

蘇芳宅に通うようになって、三週間ほど経った。

　ハウスキーパーの仕事内容も、派遣会社によって変わるが、今の茜は基本的に蘇芳宅に週五日通い、休みの日は自宅の溜まった家事をこなしている。

　その日も、蘇芳の用事によって午前中は暇になってしまい、久々に自宅の掃除をしているところに、事務所から電話が入った。

『もしもし、北村さん。午前中は暇だと聞いていたんだけれど、仕事出られる？』

「あ、はい」

　事務所からの突発的な仕事の依頼に、茜はきょとんとしながら、メモを取る。

『急遽ハウスキーパーの追加を頼まれて。そっちのほうに入ってくれる？　パーティーの準備だけだから、終わったらすぐ抜けていいから』

「パーティーですか……わかりました」

　そのひと言に、少しだけほっとする。

　富豪のパーティーの準備の仕事は、ときどき依頼されるが、実入りがいい上に、依頼者が親切な場合が多く、準備さえ終われば帰っていいので、人間関係が煩わしくなくてよかった。

ＪＲ線に乗り、上甲子園（かみこうしえん）へと向かう。

甲子園というと、野球の聖地として有名だが、北側は閑静な高級住宅街が広がっている。牧歌的な昔ながらの商店街と、有名建築家が設計した建物が混在する、不可思議な街だ。

茜が事務所からスマホに送られてきた地図を見ながら、カートを引いていくと、【茨城（いばらき）】と書かれたプレートが見えた。ぐるりと塀で囲まれた広い敷地にはイギリス風の大きな三階建ての家が建っている。

裏口から入り、先着していた先輩から説明を受ける。

「昼からパーティーがはじまりますので、それまでに準備を終えてください」

「わかりました」

富豪邸でのパーティーの準備では、派遣会社の先輩の指示を仰いでから、増員メンバーでパーティーの準備を行う。綺麗に整えられた庭に、テーブルや椅子を運び、料理や食器、酒類を並べていく。

細々とした作業が続き、なるほど作業自体は単調なものの、用意された料理や酒の量を見て人員が必要なんだなと納得しながら、茜がテーブルに載せるための食器類を運んでいると。

屋敷と庭の間の植木の陰に、誰かが座り込んでいるのが見えた。

茜は話したことがないが、同じ派遣会社のハウスキーパーだ。おそらくは彼女も増員メンバーなんだろう。年頃は茜よりも若干下に見える。体調が悪いのかと思ったが、手元でちかちかとなにかが点滅しているのが見える……スマホを弄っているのだ。

たしかに半日だけの仕事ではあるが、給料はそこそこもらっているのだ。おまけにこんなところでサボっていたら、派遣会社や派遣されている他のハウスキーパーにも迷惑がかかる。

わかってはいるものの、どう注意しようと茜が考えあぐねていたら、しゃがみ込んでいた彼女のほうから、顔を向けられた。うろんな目で見られ、茜はたじろぐが、ここで目を合わせた以上は注意しないと。

「あの……体調悪いんだったら、上の人に言えば、帰らせてもらえるから……」

茜の口からは、注意とは程遠い言葉が出てしまう。彼女は「え、なんて？」と言う。

その反応に茜は言葉を詰まらせる。茜の発する声は、お世辞にも通ってはおらず、音量も小さい。茜が黙り込んでしまった間に、彼女は茜を無視して再びスマホに視線を戻してしまった。

きちんと注意できなかったことを不甲斐なく思いながらも、せめて茜は自分だけでも作業に戻ろうと、すごすごと邸内に帰ろうとしたところで「ちょっと！　あなたたち！」と声をかけられる。

増員メンバーを仕切っている先輩だ。

「給料もらっているんでしょう？　ちゃんとその分の仕事はしなさい！　ほら、家の人に見つかる前にスマホはしまう！　あなたも若い子がサボってるんだったら、どうして注意しないの!?」

「す、すみません……」

茜にも先輩は容赦ない。

「なんて？」

その言葉に、思わず俯いて背中を丸めてしまった。

茜の声は小さい。人に届かない。

先輩からも後輩からも睨まれてしまった。早く終わって、蘇芳の元に行きたい。その一心で作業に励んだ。

茜は人としゃべるのが苦手なのだ。だからできる限り、人としゃべらない仕事についたのに、これじゃあ意味がない。

植木の位置を移動させたところで、やっと作業は終了した。茜は心底ほっとして、エプロンを解いていると。

「あら、今日のパーティーの準備は終わり？」

いきなり柔らかな声をかけられて、驚いて茜は顔を上げる。

増員のハウスキーパーではない。

長い髪をハーフアップにし、ロングワンピースの上に薄手のカーディガンを羽織った茜と同年代くらいの女性だった。シンプルに見える服装だが、どれもこれも通販サイトでびっくりするほどの値段だったのを見たことがある。

ここの邸宅のご息女だろうかと、茜は慌てて丸まった背中を伸ばして、頭を下げる。

「はい、終わりましたので。私は、これで失礼します」

「ありがとうございます」

にこやかにお礼を言われて、単純な茜は少しだけ華やいだ気分になる。

最近でこそ、蘇芳のところで働いているから、雇い主と会話することも増えたが、普段は誰もいない家で作業するのが当たり前なのだ。こういう風に面と向かってお礼を言われることは、それほど多くはない。

「いえ、こちらこそ」

それだけ言って茨城邸を後にすると、今度こそ芦屋へと向かったのだ。

＊　＊　＊

相変わらず蘇芳の仕事部屋からは、蘇芳と出版社の人がとんちんかんな会話を繰り広げている声が聞こえてきた。

『だから、どうして、この流れではんぺんなんですか!?』

「逆にどの流れだったら、はんぺんを許可できるのかね」

『どの流れであっても、意味がなかったら許可できる訳ないでしょ!?』

茜はその会話に苦笑しながら、夕食のキーマカレーを準備している。野菜をみじん切りして油で炒め、そこに合い挽き肉を入れて更に炒めて塩コショウをしてからトマト缶で煮て、カレールーで味を付けるのだ。

さんざんとんちんかんなやり取りを繰り広げたあと、ようやく蘇芳は電話を終えて、仕事部屋から出てきた。

「お疲れ様です」

茜はそう言いながら、キーマカレーの鍋の火を消して、蘇芳用のお茶を淹れるため、やかんでお湯を沸かしはじめると、蘇芳はぐったりと食卓の椅子に座る。

「ありがとう。ああ、あとででいいから、これ片付けておいてくれないかい？」

椅子に深く座り込みながら、蘇芳は宅配便の荷物を差し出す。宅配票には【衣服】と書いてある。

「ええっと、どこに直せばいいですか？」

茜がおずおずと言うと「タンスにお願いするよ」と答えるので、彼女は言われたとおり、手を洗ってから箱の中身を片付けはじめる。

再び台所に戻り、お茶を淹れていると、ふと蘇芳に尋ねられる。

「そういえば、北村さんはこの辺りの人だよね？　ずいぶんと方言を抑えてはいるけれど」

そのひと言に、茜はギクリとする。

物を「片付ける」ということを、「直す」というのは関西であったら日常的に使われている方言だ。最近でこそネットで指摘されるようになったものの、地元民は日用語として頻繁に使っているため、方言だと意識すらしていない。

茜は自身の喉を抑える。

「……蘇芳先生は、違いますね？」

「ああ、単純に東京の煩わしさが嫌になってこっちに引っ越しただけだしねえ。幸い今はネットさえあれば、打ち合わせも原稿のやり取りも普通にできるからねえ。で、別に私は方言は気にしないんだけど、君は？」

そう尋ねられ、はぐらかせなかったと気付く。茜は少しだけ考えてから、口を開く。蘇芳は変な人ではあるが、声が小さく話下手な茜の話を急かすことなく黙って聞いてくれる人だ。

「……あまり、自分の方言が好きではないんです」

「そうかい？」

「……はい、私が使うのは、結構きつい場所のものなので」

そこまで言って、茜は俯いた。

おそらく、言ったほうは全く覚えていないだろうが、茜はかつて人に言われて今でも忘れられないでいることがある。

茜の方言は、比較的きつい場所のものだ。他の地域の人には怒っていなくても怒っているように聞こえるらしいが、家族だけでなく、友達、学校の先生など周りは皆そんな口調でしゃべっていたため、茜はそれに気付くことなく育った。転機が起こったのは、小学校の時の引っ越しだった。

家の都合で引っ越した先は、ちょうど転勤族がよく住む街で、方言のきつい地方の中にあっても、それを使う人がほとんどいないという稀有な場所であった。北からも南からも人がやってくるために、方言を使ったら意思疎通ができないというのが主な理由であった。

それに気付かなかった茜は、いつも通りにしゃべっていただけだったが、クラスメイトに怪訝な顔をされてしまったのだ。

「なにをそんなに怒っているの？」

茜は普通にしゃべっていただけなのに、そう取られるとは思ってもおらず、ただ驚いた。それから、なんとか怒っていないと伝えようと、必死で標準語をしゃべろうとするが、染みついた方言が一日や二日で簡単に取れる訳もない。

だんだんだんだん、茜の声は小さくなっていった。

怒っていない。自分は怒っていないと。

でも怒っていないと伝えようとすればするほど、声を小さくすればするほど、茜の扱いは悪くなっていった。

「なんて？」

「ごめん、北村さん。今なんて言った？」

声を小さくすればするほど、何度も聞き返されることが増え、とうとう茜は怒っていないと伝えることどころか、自分の意思を伝えることすら諦めてしまった。

しゃべっても会話が成立しない以上は、人と最低限しかしゃべらなくて済むように、済むようにと行動するようになり、今の仕事に至る。

蘇芳のように、急かすことなく黙って耳を傾けてくれる相手というのは、茜の人生においても貴重な存在だった。

茜が湯呑にお茶を注いだとき、蘇芳はようやく「そうだねえ……」と口を開いた。

「私はあまり方言というものがわからないけれど、方言で地方を区切られ、キャラを勝手に決められるというのは苦しいかもしれないねえ。それに」

茜の淹れたお茶をすすってから、蘇芳は続ける。

「言わなきゃいけないとき、主張しないといけないときにきちんと声を張れれば、それで充分だと、私は思うよ」

蘇芳の言葉に、茜はしゅんとうな垂れる。

今日のパーティーの準備のことを思う。後輩にまともに注意することも、先輩に抗議することも、声を張る勇気がなくてできなかった。しないといけないときに、できるようになるんだろうか。

　沈んだ茜に、蘇芳はやんわりと言う。

「別にね、私も説教をしている訳ではないんだ。ただ、腹に溜め込んだ言葉というのは、言禍になって暴走してしまうことがある。だから、ガス抜きをしたほうがいいと言っているだけで」

「……溜め込んだ言葉が、ですか……？」

「昔から言わないかい？　起こった現象に名前を付けたら、途端に怖くなくなることがある。天気がいいのに雨が降ったら異常気象かと不気味に思うけれど、それに狐の嫁入りと名付ければ、狐の嫁入り行列が通っているんだなと、安心できる。言葉になってない気持ちや思いは、きちんと言葉にすれば、案外大したことはないって話さ」

　わかったような、わからないような。

　茜が「そうなんですね……」とだけ返事をしたとき。

　急に蘇芳の部屋の電話が鳴った。

「おやおや。もうしばらくは出版社から電話はなかったと思うけど」

　蘇芳は台所から廊下をはさんですぐ目の前にある仕事部屋に戻ると、いつもの調子で、スピーカーのまま電話に出る。

「はい、蘇芳です」

『あの……早瀬さんから教えてもらったんですが。怪奇現象の相談を受け付けてくれると』

電話の向こう側の声は、女性のものだった。それに茜はきょとんとする。

いつかのボヤ騒ぎのときに出会ったプログラマーの早瀬は、小柄で女性的な魅力の全くない茜にですら脅えるくらいに、女性が苦手だったはずなのに。

蘇芳は冷静に彼女に言葉を返す。

「怪奇現象の内容にもよりますが。早瀬くんの紹介とのことでしたが、あなたのお名前は？　あと、どういった怪奇現象に見舞われているのでしょうか？」

『はい……私は三枝みむらと申します。早瀬さんとは、仕事で出会いました。最近、ずっと視線を感じるんです。仕事中も、家事をしているときも、眠っているときも』

「ほう……視線、ですか？　具体的には？」

『具体的にはなにもないんです。警察にも相談に行きましたが、具体的な被害がなにもないのだったらせいぜいパトロールの巡回を増やすくらいしか手立てがないと言われてしまいました。興信所にも頼んだんですが……特にうちに変なものが仕掛けられていることも、不審者も見当たらないと言っていて……でも、視線が消えないんです』

みむらの声は、ひどく脅えを含んでいるように聞こえた。蘇芳は「ふむ」と唸る。

「わかりました。電話越しですと私も怪奇現象か否かの判断ができませんので、一度お会いしましょう。早瀬くんのほうにも一度話を伺っておきますから」

『あ、あのう！　……ありがとうございます』

みむらは心底ほっとしたように息を吐いて、何度も何度も蘇芳にお礼を言ってから、電話を切った。

一部始終を聞いていた茜は、困ったように首を傾げた。

「あのう……早瀬さんからの紹介と伺いましたが。その怪奇現象も言禍の仕業なんでしょうか……さっきの方も、ネットのトラブルとかを？」

以前の炎上騒動の女子高生のことを思い、茜の気が沈む。

「ふうむ……これも本人に確認してからじゃないとなんとも言えないけれど。ただ早瀬くんの紹介だしねえ。そもそも」

蘇芳は台所に戻ると、食卓の椅子の背もたれにもたれかかりながら言う。

「あの女性恐怖症が、どこで彼女と知り合ったんだろうねえ？」

＊　＊　＊

早瀬の家に電話を入れてから、バスに揺られることしばし。

彼の住むアパートの一室は、相変わらずパソコンのモニター音と冷房音で埋め尽くされていた。

相変わらず茜とは目線すら合わせられないようだ。それでも早瀬は、背中を向けたままでも、一応は会話をしてくれる。

「ああ、三枝さん？　元々ネットで知り合ったんすよ。編プロ辞めてフリーランスになったばかりで、右も左もわからないって言ってたから、職種は違えど営業法はそこまで変わらないから、いろいろ相談に乗ってたんです。ほら。アカウント」

そう言って、早瀬はモニターに自身のSNSのアカウントを開いて見せてくれた。

文字数制限のあるSNSだが、あれこれと文章が並んでいるのが見えるし、ときおり会社勤めからフリーランスに転向した人々の相談にも乗っているようだった。

早瀬はハンドルネーム【とおちゃん】で、フリーランスにありがちなことを呟いているみたいだ。

彼が相談に乗っていたというみむらのアカウントは【枝川（えだがわ）】というハンドルネームで、新米フリーライターという自己紹介で活動しているようだ。

蘇芳はみむらのアカウントを眺めながら「ふうむ」と片手で顎を撫で上げる。

「早瀬くん、フリーライターの彼女に、どんなこと教えてたんだい？」

「普通のことしか教えてませんよ。ポートフォリオをつくったほうがいいとか、ＳＮＳでのアピール方法とか、ビジネスメールの書き方とか、本当に普通のことっす。でも彼女、新しい仕事をはじめてから、よく自分に相談して来るようになったんですよ」

早瀬はそう言いながら、カーソルを動かしてみむらのアカウントを遡る。

【新しい案件をもらえた！　ブックライターの仕事！　これから頑張る】

本当に普通のことしか書かれていない。

そこから、早瀬はＳＮＳのメッセージを開いて見せる。

先程のみむらのコメントと近い日付で、彼女の相談と早瀬の返事が並んでいる。

【最近、ずっと見られているような気がするんです】

【仕事相手とか、近所の人っていうのは？】

【前の会社の人は上司以外はうちの住所を知りませんし、今の仕事では契約書送る相手にしか住所は教えていませんから】

【じゃあプライベートの方面では？】

【友達は皆地元にいますし、こっちから会いに行ってますから考えにくいです】

その内容を読みながら、蘇芳は「ふうむ……」と唸る。

「これだけだったら、本当になにも言えないねえ……言禍かどうかもわからない」

「あ、あのう……蘇芳先生は、言霊遣いだとおっしゃっていましたが、文章だけだったら、言霊とか、言禍とかの気配は、わからないんですか？」

前に警察から頼まれたボヤ騒ぎを追っているとき、蘇芳はたしかに言禍の気配を追っていたはずだ。今はこうしてみむらの文章を読んでいる訳だから、そこから言禍の気配を感じたりはできないいんだろうか。

茜はそう思ったのだが、蘇芳の返事はそっけない。

「言葉はねえ、言葉でしかないから」

蘇芳は顎を再び撫で上げてから、口を開く。

「例えば、ハサミや包丁は物を切るための道具だけれど、同時に凶器にもなり得る。道具として使うか、凶器にするかっていうのは、持ち主の意図ひとつで変わるんだよ」

「ええっと……？」

「つまりは、言禍の暴走も、言葉に人の感情が宿り、それが力を持った結果暴走してしまうものだから、ただの文章だけでは意味がないんだよ。それこそ言禍の気配を探って、行使した人間の意図を把握しないことには、こちらも手が出せない」

「ええっと……前の高校生のときのは……？」

茜はそう口にしてみるが、彼女のアカウントに書かれた言葉は、なにも知らない茜から見ても荒れていたから、言禍になっていなくってもなんらかの影響は出そうなものだった。一方、先程から眺めているみむらのアカウントには、あのときに読んでいるだけでめまいを覚えたような悪意はないように思える。

「あれはあからさまにオレオレ詐欺の犯人たちに復讐する気だったじゃないか。おまけに彼女の気持ちを知った協力者も集まって。あれだけわかりやすい意図もないよ。そもそもほとんどの人は、自分の吐き出した言葉に対して無頓着だからね。自分が吐き出した言葉がそこまで大事になるなんて思ってないさ」

「そうだったんですか……じゃあSNSの文章を読んだだけじゃ、わからないんですね」

「そういうことなんだけれど。ねえ、早瀬くん。彼女が請け負った仕事。どんな内容だったか知っているかい？」

「うーん……三枝さん、勤めてた頃に知り合った関係者からは、今も不定期ですけど仕事もらっているみたいです。前にもらった仕事も、その関係じゃなかったかな。ただ、俺もどんな仕事しているかまでは聞いてないんですよ」

そう言って早瀬は、みむらが前に所属していた編集プロダクションのサイトを検索して見せてくれた。

「ふうん……北村さん」

茜は急に話を振られ、目をパチリと瞬かせる。

「ちょっと本屋に、用事を頼まれてくれないかい？」

「えっと……はい」

茜が安請け合いをしたことを、かなり後悔することになったのは、それから三十分後のことである。

＊　＊　＊

「今月発売の健康に関する書籍……ですか？　今月だけでもかなり発売されているんですけど……」

駅前の本屋の店員が、心底茜を気の毒なものを見る目をしながら案内してくれた新刊棚を見て、茜は絶句する。

蘇芳から探すよう頼まれたのは、他でもない。みむらに関する本であった。

『三枝さんの仕事内容を知りたいから、三枝さんが執筆した本を買ってきてくれないかな？　ブックライターというからには、丸ごと一冊のライティングを頼まれたんだろうし、ＳＮＳに書かれた書き込みから本になるまでを逆算したら、今月発売になるんだよね。彼女が働いていた編集プロダクションから考えて、ジャンルは健康読本。ブックライターは著者の代わりに文章を書くのが主な仕事だから。ゴーストライターなんて呼ばれることもあるけど、最近だと奥付に名前が載るから。あー、奥付は最後のページの出版社や印刷所の名前が載っているとこだね』

今月発売なら、そこまで量がないだろうと高をくくっていたが、聞いていない。ひと月でこんなに本が発売されているなんて聞いていない。今は出版不況だと聞いていたのに、話が違うじゃないか。

健康読本で絞ったとしても、三十冊はある。

それを茜は泣きそうになりながら、全部めくって奥付を確認することになった。

みむらの本名ではないだろうと、枝川で探してみるが、なかなか見つからない。茜は泣きそうになりながら本をめくり続けていると、場所を教えてくれた店員が「そういえば」と口を開く。

「今ベストセラーになっている健康本も、今月ではないですけど、発売日近いですよ？」

「ベストセラーですか……」

さすがにベストセラーの書籍を書いたのだったら、みむらが言禍の事件に巻き込まれることもないように思うが。

店員が教えてくれたのは、新刊棚ではなくて、ランキング棚だった。ランキング棚には、実用書や小説、漫画などジャンルを問わず人気の本が並んでいる。

最近人気の漫画が上位ランキングを占めているのを見ながら、茜は視線を下げて、健康読本を探していく。そしてある本のところで絶句する。

『食べるだけダイエット！』

帯には【運動しなくっても痩せられる！】【もう我慢なんかしなくってもいい！】【夏に間に合う！】などとセンセーショナルな言葉が連なっているが。

茜は大学の家政学科を卒業している。そこで最低限の栄養学のことは学んでいたため、偏食ダイエットほど太りやすいものはないことを知っている。

テレビなどでそんなダイエットが紹介されて流行るたびに、多くの栄養士や医者、スポーツトレーナーなどがこぞって「そんなことしたら余計に太るからやめなさい」と警鐘を鳴らしているが、テレビや本で言っているからと安易に飛びついてしまう人が後を絶たない。

人は専門家の生の意見よりも、マスコミの声のほうに流れる。どんなに専門家が否と反論を唱えても、テレビで発言力のある芸能人が「私もやっています」のひと言を言ってしまったら、正しい情報はかき消されてしまう。

こんないい加減な本が流行って大丈夫なんだろうか。茜はそう思いながらページをめくり「あ」と声を上げる。

【監修：健康ダイエット研究会
構成：枝川みむら】

探していたライター名が、構成という形とはいえどしっかりと書かれていたのだ。

茜は慌ててその本を一冊買うと、急いで蘇芳の家へと帰った。

＊　＊　＊

蘇芳は茜にお使いを頼んだ本をペラペラとめくると、顔をしかめた。

「……ひどいインチキ本だねえ。こんなものが出回ってるとは」

本の内容は素人が見ても科学的根拠がないとわかるような、でたらめなダイエット方法ばかりが書かれていた。

「ベストセラーのコーナーに積まれてました……」

「大方、テレビで一コーナー設けて、そこで特集でも組んで売ったんだろうね。これが仮にも専門家の名前を使って書くんだったら、責任はその専門家のところに行くんだろうけど……」

監修のところには【健康ダイエット研究会】と書かれている。発行者のところに一応個人名はあるものの、それは出版社の社長の名前だ。執筆の責任者が、これではわからない。

蘇芳は溜息をつきながらも、以前も使った真っ白な本を取り出し、買ったばかりのダイエット本にかざした。途端に白かった本が色づきはじめた。その光景に茜は「あ」と声を上げる。

「蘇芳先生、さっきは文字だけだったら言禍の気配はわからないと……」

「ああ、言ったねえ。でも今はこの本一冊にびっしりと言禍の気配が蔓延していたからねえ……これを書いた三枝さん。おそらくだけれど、罪悪感でいっぱいだったんじゃないかい？」

　色づいた本に、だんだんとはっきりとした絵柄が浮かび上がってきた。

　少年と羊、そして狼と牧場のイラストである。

「ふむ……『オオカミ少年』だねえ」

「『オオカミ少年』って、嘘つきの男の子の話でしたっけ」

「うん、イソップ童話は寓話として有名だからねえ。牧場で羊の世話を任された少年が、面白半分に大人たちに『オオカミが出たぞ！』と騒ぎ立てる。大人たちがオオカミが来たことに慌てふためくのを少年は面白がってゲラゲラと笑っていたけれど、それを繰り返していく内に、だんだん大人たちは少年の言うことを信じなくなってしまった、という話だね」

　嘘をつき続ければ、いずれ信用を失う。そういう寓話だったはずだが。これが言禍として出てきてしまったのは、いったいどういうことなんだろうか。

　蘇芳は『オオカミ少年』の中身に視線を落としながら、溜息をつく。

「ライター業っていうのは、書ける量やスピードが必要なんだけれど、同時に信頼が物を言うからねえ。正確な知識や取材、それに基づく実績がね。ときどきスペースを埋めるために、いい加減な記事が書かれているのを見たことはないかい？」

「ええっと……ときどきですが」

週刊ゴシップ誌で、ときどき訳のわからない特集が組まれたり、スクープといいながら、明らかにろくな取材もしていないような記事が載っていたりする。センセーショナルな話題のものほどよく売れるから、それが正しいか間違っているかは関係ない。その週刷ったものが売れればいいのだから。

蘇芳は頷く。

「もちろん食い扶持を稼ぐために仕事をするのは悪いことじゃないけどねえ、そんなことばかりやっていたら、信頼を失う。嘘ばっかり書くと思われている人に取材を申し込まれたら、恐怖や嫌悪感を覚えるだろう？　今だったら、まだ間に合うと思うけどねえ」

「えっと……三枝さん、ですか？」

「少なくとも、視線を感じているという言禍が発生している内はね」

「えっと……言禍が発生しては、駄目なんでは……」

「そうかい？　もしこれが早瀬くん経由でなく警察経由で来た依頼だったら、そりゃ私が対処しなかったらどうにもならない状況になっていたんだろうけど、まだそこまでじゃない」

そういえば。みむらは本気で困っていたみたいだが、ボヤ騒動の時と違い、みむら以外、誰も困ってないのだ。今は、だが。

蘇芳はのんびりと言う。

「言葉っていうのはねえ、一度吐き出してしまったら、もう自分のものではなくなってしまうから。文字にした文章だったら尚更さ。だからこそ、使い方に気を付けないといけない。文章で食っている人間は特にね」

それは、以前のボヤ騒ぎのときにも蘇芳本人が言っていた言葉だ。

茜はそれに、答える言葉を持っていなかった。

＊＊＊

蘇芳と茜は、駅前の喫茶店で、早瀬経由で呼び出したみむらと、話をすることにした。ちょうどランチタイムが終わり、三時のティータイムまで少し時間が空いているため、普段は待合スペースで待たなければならないところ、スムーズに入ることができた。

ふくよかなコーヒーの香りが漂い、和やかに話をする人々の声が聞こえる中、気まずい思いで茜は蘇芳と一緒に座っていた。

「あの……私の怪奇現象って、結局なんだったんでしょうか……。今も、ずっと視線を感じるんですけど……」

こうして対面しているみむらは、茜の目からは普通の人に見えた。

いつ取材が入ってもいいようにだろうか、動きやすいカットソーにパンツルック。靴も小洒落たメーカーのスニーカー。髪も邪魔にならないようにか、肩までのボブカットだ。

颯爽とした服装をしているにもかかわらず、みむらはずっと視線をさまよわせている。背後を気にするように、しきりに振り返っている。しかし茜からは、みむらの後ろには誰もいないように見える。ボヤ騒ぎのときとは違って、これが言禍の仕業と言われても、よくわからなかった。

蘇芳は「早瀬くんから話は伺いました」と口火を切る。

「三枝さんは、フリーでライター業をしているそうですね」

「は、はい。最近になって、ようやく食べていけるようになりました。仕事を選ばなかったら、なんとかなりますので」

「うーん、一応私も、種類は違えども文章で食っていますがねえ。仕事内容は、少しくらいは選んだほうがいいんじゃないかなと」

「えっと……？」

　みむらは困惑したように、蘇芳を見ると、蘇芳は着流しの懐から、いつものように真っ白な本を取り出し、彼女に向ける。

　みむらに近づけた途端に、しゅうしゅうと本に色が吸い込まれていくように見えた。要は彼女に纏わりついていた言禍を吸い取ったということだ。

　そして、先日茜に見せたのと同じく、『オオカミ少年』の童話が完成してしまった。アクリル絵の具で描いたような、くっきりとした絵だった。

「えっと……手品……ですか？」

「いやいや。早瀬くんからは、いったいどういう紹介をされたのかは把握しておりませんが、これは私の仕事のひとつですので。これが、今三枝さんに纏わりついていたものの正体です。あなた、今の仕事に不満があって、それを溜め込んでいるんじゃありませんか？　いつか嘘つきと後ろ指を指されることをおそれている。そうでなかったら、そもそも言禍が纏わりつくようなことはありませんし、あなたが書いた本からそれが生じることはありませんからねえ」

「え……」

　みむらは驚いたように、自分の体をペタペタと触る。茜は蘇芳に持たされていた、みむらの書いた健康読本を取り出して差し出すと、蘇芳はその本をみむらに見せつける。

　途端に、みむらの顔が強張った。

「ベストセラーになっていた本にまで、言禍が纏わりついていましたから。でもおかしなことに、三枝さん本人以外に被害はないようなので不思議に思っていましたけど。三枝さん、このあなた自身が手掛けた仕事に、不満を持っているんじゃないですか？」

「……仕事に、不満もなにも」

「いえ、むしろ私はあなたに同情していますよ。この仕事、調べたところあなたが前に勤めてらっしゃった編プロからいただいた仕事で、断れなかったんじゃないですか？」

　そう言いながら、蘇芳は健康読本の一番後ろの奥付を指さす。そこにはたしかにみむらが勤めていた編集プロダクションの名前があった。

　茜はおずおずと、みむらに尋ねる。

「あ、あのう……私は蘇芳先生のところで働いているだけで、出版社の話はよくわからないんですが……この本の情報を鵜呑みにしたらまずいんじゃ、とは思います……」

　これは茜でなくても、最低限の栄養知識を持っている人間だったら批難する内容だ。

「……わかっているんです。ネットの記事程度だったら、これくらいのことを書いても、大したことはないって。でも、紙の本になったら、影響力が桁違いだってことくらい」

みむらの声は、震えていた。

もう先程みたいに、ちらちらと背後を気にすることはないが、歯噛みしてなにかを堪えている。

「でも……私だって生活があるんです。食べていくためには仕事が必要ですし、仕事を選ぶ余裕なんてありません」

そのみむらの訴えに、蘇芳は大きく頷いた。

「ええ、わかりますよ。自分も本職はあなたと似たようなものですから」

茜は思わず、目を剝いて蘇芳を見る。いつもいつも、出版社の人ととんちんかんな会話を繰り広げ、好き勝手に仕事をしているように思っていた。

仕事を選べないなんて、そんな殊勝な考えがあったのか。本当に失礼ながら、そう思ったのである。

茜の反応を無視して、蘇芳は続ける。

「ですがね。自分の書いているものはフィクションです。フィクションだと注意書きをしても、内容を鵜呑みにしてしまう読者はいます、残念ながらね。だからこそフィクションだから書いていいこととそれでも書いてはいけないことは、常に考えていますよ。あなたはどうですか？」

そう蘇芳に尋ねられたみむらは、押し黙ってしまった。

茜は黙ってそれを見守っていた。

新聞に書いてあるから、雑誌に書いてあるから、本に書いてあるからと、その内容の裏取りをせずに信じてしまう人は多い。小説の影響力はわからないが、いつも好き勝手していいるように思っていた蘇芳ですら、自分が書いたものの影響力に気を遣っていたとは、茜は本当に考えたこともなかった。

みむらが俯いたところで、蘇芳は『オオカミ少年』の童話が現れた本を彼女に差し出した。

「本当に大切なことは、腹に溜め続けていたら、いずれ爆発して大変なことになります。本当に幸か不幸か、まだなにも起こっていませんから。どうかよく考えてくださいね」

蘇芳がそう言ったところで、区切りよくウェイトレスがやってきた。

「お待たせしました、ブレンドコーヒー三つになります」

その後は、薫り高いコーヒーを飲み終えてから、解散となったのだった。

＊　＊　＊

みむらは蘇芳からもらった童話を鞄に詰めて、家路についた。

途中で本屋に寄り、自身が執筆協力した本を見て回る。

自分が書く手伝いをした健康読本が、相変わらず売れていることに、彼女はそっと溜息をついた。

編集プロダクションで働きはじめたときは、希望に満ち溢れていた。自分の書いたものが世間に出回ることに快感を覚え、本当にたまに届く感想を、嬉しく思いながら目を通していた。

最初は旅行ガイドや美術館巡りの案内などのライティングをしていたが、だんだん受け持つ仕事内容が過激になっていった。

過激な内容のほうが売れるから。過激な内容のほうが話題になるから。過激な内容のほうが増刷がかかるから。

たとえそれが炎上商法で一時的なものだとしても、どうせ著者の名義は編プロではなく、適当な委員会の名前だし、出版社からの依頼なのだから、出版社の下請けの編プロは痛くもかゆくもなかった。

だんだん、みむらは自分の書きたいものから離れていくことに、恐怖を覚えた。たしかに文章で生計を立てたいとは思っていたが、これはまずいんじゃないだろうかと思いはじめていた。甘い話かもしれないが、こんな読者を騙すようなものばかり書いて大丈夫なんだろうかと、不安に苛まれるようになってきたのだ。

これじゃ駄目だと思い、みむらは独立し、フリーランスのライターとして、編プロ時代からの伝手を頼って活動をはじめたものの、元いた編プロからは、相変わらず過激な内容の仕事依頼が来る。最初はなにかしら理由をつけて断っていたが、生活のためにと、少しずつ執筆依頼を引き受けていくようになったときからだ。視線を感じるようになったのは。

最初は気味が悪くて、警察にも相談に行ったが、当然ながら困った顔をされてしまった。

「見られているように感じるだけで、実際に見ている人を見た訳ではないのでしょう？」

「ですけど……取り返しが付かないことになったら……！」

「……パトロールの数を増やすことはできますが、今のところはそれ以上のことはできませんよ？」

何度も何度もお願いし、パトロールの回数を増やしてもらったが、見られている気配は消えなかった。

フリーランスになったばかりのストレスから、神経衰弱も疑ったが、病院でも彼女の不調は見つからなかった。

だったらと興信所に行っても、やはり視線の正体がわからないのだ。

困り果てたところで、たまたまフリーランスの先輩として、人の相談に乗っている早瀬に、その手の事件に詳しい人として、蘇芳を紹介してもらったが。

着流し姿に飄々とした言動の、人が思い描くような道楽小説家のような風体の人だったが、びっくりするほど人の心象を見抜く人物であった。

みむらが見ないようにしていた、気付かないふりをしていたことを、ズバリと言い当てた人。

今のような仕事ばかり繰り返していたら、いずれ信頼を失い、仕事をもらえなくなる。なによりも、みむらがしたかった仕事からは、すっかりと遠ざかってしまっていた。

みむらはふと、スマホが点滅していることに気付き、タップする。メッセージアプリに、仕事依頼が来ていた。エンターテインメントサイトのコラム執筆の依頼である。

【お世話になっております、先日いただきました経歴書を確認しました。うちのサイトのコラムの仕事のお話をしたいので、ぜひとも打ち合わせがしたいのですが】

その内容に、胸がジンと熱くなった。

彼女が元々したかったのは、人が楽しく過ごせるお手伝いができるコラムや本の執筆であり、人を騙したり、事実を捻じ曲げたりするものではない。

既にみむらの手伝った本の反論本は出回りつつあるし、あの本のブームもじきに終焉を迎えるだろう。いい加減、あの手の本に関わるのはおしまいにしないといけない。

自分のやりたかった仕事は、あの手のものに携わることではなかったはずなのだから。

＊　＊　＊

蘇芳宅に帰ると、茜は夕食の準備をしながら、食卓でお茶を飲んでいる蘇芳をちらりと見た。

先程のことを思い返して、口を開く。

「あの……言禍って、口にしなくっても起こり得るってことなんでしょうか？　先程の三枝さん……私には、蘇芳先生が本で言禍を吸うまで、なにが起こっているのかさっぱりわからなかったんですけど……」

「ああ、あれかい？　あれはねえ、罪悪感だよ」

「罪悪感……ですか？」

「ときどき耳にしたことはないかい？　週刊誌であまりにもひどい記事が書かれた結果、その真偽はともかく書かれた人の家庭が崩壊するって話」

「……たしかに、ありますけど。でもそれが原因で、書いた人たちになにかしらの問題が起こったという話は、聞いたことがありません」

「だろうねえ。だってそれを書いている人間のうちのほとんどは、人の不幸を書くことは食うためだって割り切っているから、罪悪感なんて持ってないさ。でもね、稀にいるんだよ。その罪悪感に駆られた結果、病んで業界から離れるって人は」

週刊誌の過激な記事が原因で、芸能界を引退した俳優や女優は後を絶たないし、真偽は闇の中で、その本や雑誌を手に取る読者には確かめようがない。他人の人生を左右していることを理解している記者がどれだけいるのか、茜にはわかりようがなかった。

蘇芳はお茶で唇を湿らせてから続ける。

「おそらくは三枝さんも、やりたかったこととやっていることが食い違った結果、罪悪感に駆られて、ああやって知らない間に言禍を吐き出していた。あの本もそろそろブームは終焉だろうけど、次もまたインチキの片棒を担がされるようだったら、今度こそ彼女の吐き出した言禍が誰かに牙を剝いていたかもしれないね」

その言葉に茜はぞっとする。

『オオカミ少年』は、牧場の羊が全て食い殺されて終わってしまう。もしあの寓話みたいな結末になってしまったら、本当に取り返しが付かなかったのだ。

蘇芳はのんびりと言う。

「北村さんも、本当に駄目だって思ったときは、一度全部吐き出したほうがいい。もちろん沈黙が金って思っているんだったらそれでかまわないけれど、人と一緒に仕事をしていたら、どうしても軋轢（あつれき）というものは生まれてしまうから。そのときはきちんと言ったほうが、却って円滑に仕事ができる場合は多いはずさ」

その言葉に、茜は目を見開いた。

自分が仕事で、後輩を注意できなかったことを、蘇芳に言った覚えはない。茜は夕食づくりをし、片付けを終えるとそっと自分の喉に触れた。

すっかりと小さくなってしまった自分の声は、本当に人に届くんだろうか。

何度も何度も「なんて？」と聞き返されて、流されてしまった自分の声を、聞いてくれる人はいるんだろうか。

茜は自分のきつめの方言でしゃべるのが怖いが、蘇芳の何気ない言葉は、彼女の中にすとんと収まっていた。

＊＊＊

みむらの一件から数日が経った。その日は蘇芳の都合で休みの日。茜は自宅で家事をしているところだった。夏場で野菜が傷みやすくなったから、冷凍保存用に使いやすいサイズに切ってから、フリーザーバッグに詰め込んでいるところで、スマホが鳴った。

「はい、北村です」

『お疲れ様です、北村さん。今日は休みと聞いていたけれど、パーティーの準備の応援に出てほしいんだけれど』

事務所からの依頼に、茜はデジャブを覚える。パーティーの準備だったら、給料の足しにもなるし、比較的いい仕事なのだが。

前に見かけた後輩とまたも鉢合ったら困るなと思いつつ、茜は一応「はい」と答えて、現場へと向かった。

パーティーの準備のため、慌ただしくテーブルや椅子を運んでいると、またもや中庭の人目に付きにくい場所にしゃがみ込んでいる人影を見つけた。以前に見た後輩が、スマホを弄っている。

さすがに何度も見逃せる訳がない。茜は溜息をついた。

蘇芳が背中を押してくれたが、自分はちゃんと注意できるんだろうか。ぐるぐると頭の中を渦巻く不安を抑えて、彼女は足を踏み出した。

「あ、あの……ちゃんと仕事したほうが……」

茜がおずおずと言うと、後輩は顔を上げてちらっと茜を見てから、すぐにスマホに視線を戻してしまった。

舐められている。声が小さい上に、小柄な茜だ。おまけに前回は先輩に勢いよく怒られていた。それで余計に舐められてしまったのだろう。

茜は、小さく息を吸った。

「……耳付いとらんのん？　仕事に戻りぃ言うてるんやけど」

今度こそ、はっきりと茜は声を張り上げた。

普段小さくボソボソとした口調になってしまうのは、しゃべる言葉を全て敬語にして、方言を抑え込むことに集中すると、声がなかなか出ないからだ。

茜の使う方言は、とにかくきつく聞こえてしまうから、転勤族の住む街では特に避けられがちだが。関西ではテレビやらラジオやらで、当たり前に聞く方言であった。

後輩は驚いたように、茜を見た。茜は言い重ねる。

「なんやのん、給料分は働かなあかんやろう？　うちら仕事斡旋してもらわんかったら食いっぱぐれるんやから、ちゃんと手ぇ動かして足動かしぃや。ほら、スマホの電源切って立ちぃや」

「あ……は……」

「返事は⁉」

「は、はいっ！　ごめんなさい！」

「そこはすみませんやろう⁉　ほら、はよ戻りぃ！」

名前すら知らない後輩は、やっとスマホの電源を切ると、まるで茜から逃げ出すかのように、パーティー会場へと走っていった。

茜は少しだけ呆けた顔をして、後輩の背中を見送る。こんなに簡単なことだったのかと。

溜め込んで、それが暴発したら言禍になってしまう。茜にはまだ、蘇芳の言っていることの半分もわからないけれど、少なくとも茜は言わないといけないことを吐き出せたおかげで、少しだけ胸がすっとした。

茜は少しだけ軽くなった足取りで、残りの仕事を済ますと、家路についた。

帰る途中、蟬の鳴き声に気付く。そういえば、そろそろ蟬のけたたましい鳴き声の聞こえる頃だったと思い至った。

おしゃれなカラス

『第三章なんですが、エピソードを第四章と入れ替えることはできませんか？』

「それはゲラの段階で言うべきことではないのでは？」

『しかし、このエピソードだけだと浮いてしまいますから』

「気に入らないようだったら、このゲラはこのままうちで寝かせておこうと思うけど、どうかな」

『先生、それは卑怯では？』

「君が引いてくれたら、それで問題ないと思うがね」

蘇芳と出版社の人の会話は、いつにも増して物騒だと思いながら、茜はお湯を沸かして濃い緑茶を淹れている。

いったいいつになったら完成するんだろうと、傍から見ていて首を傾げていた原稿ではあったが、ようやく一番重要な局面に来ているらしい。

普段は飄々としている蘇芳も今はずいぶんと気が立っているようで、日頃の混ぜっ返すような言動にもいまいちキレがない。

おまけに本業に集中しているせいか、きちんと眠っていないようだ。

いつも以上に茜は物音に気を付けながら家事をこなし、ときおり蘇芳に催促されては、緑茶を淹れる。

淹れた緑茶をお盆に載せて仕事部屋に持っていくと、蘇芳は苛立った顔で、分厚い紙束に赤ペンで書き込みを加えていた。

ドラマなどでしか見たことがないが、この紙束がゲラというもので、今しているのが小説を書く仕上げの作業になるらしい。

「お疲れ様です、蘇芳先生。ええっと、お茶はどこに置きましょうか？」

普段から雑然としている部屋ではあるが、いつにも増して荒れている。ゲラ作業中に資料やら前に書いた原稿やらを引っ張り出してきていて、積まれている資料の山が更に高くなり、下手に片付けても山が崩れそうで、湯呑を置く場所にも困るような状態になっていた。

茜が途方に暮れた顔で眺めていたら、蘇芳が手を差し出した。茜が湯呑を差し出すと、それを摑んで蘇芳は淹れ立ての濃いお茶を一気に飲み、湯呑を返した。

「ありがとう、これで目が覚めたよ」

「はい……」

茜は頷きつつ、湯呑を洗いに台所へと戻る。

相当気が立っている蘇芳を刺激しないよう、彼の好きなものでもつくるべきだろうかと考え込む。彼は緑茶が好きだし、お茶に合う食事をつくってほしいと前にも言われたことがある。しかし日頃からそういう料理をつくっているため、特別感もなく、なかなか難しい。

だとしたら、お菓子でもつくるべきだろうか。でも抹茶味のお菓子は好き嫌いが分かれるから、蘇芳が落ち着いたら聞いてみるべきだろうか。

そうとりとめのないことを考えていたところで、玄関のチャイムが鳴った。

茜は我に返って手を洗ってから、モニターのボタンを押す。

「はい」

「すみません、宅配便ですが」

「わかりました」

画面で相手を確認してから、茜はパタパタと玄関へと出ていく。

「こちらサインお願いします」

「わかりました、ありがとうございます」

サインして受け取ったものを見て、茜は「あれ？」と目を瞬かせる。

【須王臨様　書類】

　蘇芳宛の荷物らしいが、ずいぶんな漢字間違いに見える。蘇芳はたしか、黒味を帯びた赤色のことだが、この須王の字と間違えるだろうか。読みは同じだが字面が違い過ぎるのに首を捻りながら、蘇芳の仕事部屋のドアをノックする。

「あのう、蘇芳先生。宅配便が届いたんですけど」

「あれ。お中元にはまだ早いけど、なんだい？」

「出版社さんから、書類と書かれていますが」

「今やってるゲラ以外は心当たりがないんだけどねえ」

　ガラリと引き戸を開けて部屋から出てきた蘇芳は、茜が途方に暮れた顔で持っている荷物の宛名に視線を落とすと、「ああ……」と息を吐く。

「これ、須王先生のだね。出版社が間違えたんだろうさ」

「え？　すおう先生？」

「これは須王臨先生のもの。私は蘇芳望で、苗字も名前も似ているんだよねえ。私も元々デビューのときはペンネームを使っていたんだけど、たまたま本名が須王先生に似ていたから、便乗して売れるのを狙って本名になったんだよ。って北村さん。もしかして須王先生のことを知らないのかい？」

その問いに茜は申し訳なさそうに目尻を下げて、頷いた。茜は滅多に本を読まないために、有名な作家の名前すらほとんど知らない。

蘇芳は茜から荷物を取り上げると、配送伝票に書かれている電話番号に電話をかけはじめた。

「もしもし、【色】の蘇芳に【希望】の望の蘇芳望ですけど、うちに王様のほうの須王臨先生の荷物が届いているんですが」

『ああ、申し訳ございません！　そちら、今日中に届いてくれないと困るんですけど！』

出版社の人は、ほとんど泣きそうな様子で謝っている。蘇芳はちらりと茜のほうを見ると、茜はきょとんとした顔をする。

「まあ、須王先生の家はうちから近いので、今使いの者に届けさせます。以後注意してくださいよ」

言いたいことを言うだけ言うと、茜にポンと荷物を渡してから、蘇芳は机の中を漁りはじめた。取り出したのは名刺だった。

「まあ、どちらのすおうも、芦屋在住だから間違えたんだろうけどねえ。とりあえず北村さん。あちらも急いでいるようだから、届けてくれないかい？　住所はその名刺に書かれているから、タクシー呼んだら、すぐ行けると思うよ」

「そりゃかまわないんですけど……え、ええ……？」

名刺に書かれている住所を、茜は二度見してしまった。

六麓荘、と名刺には書かれているのだ。芦屋の中でも富裕層が住む場所として有名なそこに、須王が住んでいるという。蘇芳は「タクシー会社に電話するかい？」と聞くので、茜は首を振った。

「い、いえ！　蘇芳先生はいい加減仕事に戻ってください！　私、バスで行きますから！」

そう言って、荷物を片手に抱えて蘇芳宅を出た。さすがに締切前の人にこれ以上気を遣わせるのは申し訳がなかった。

＊　＊　＊

六麓荘の麓のバス停で降りた茜は、ポカンとして辺りを見上げていた。坂の上に見える敷地は、どこもかしこも高い塀に仕切られている。そして塀から垣間見える敷地や家は、どれもこれも、桁外れなほどに広い。

屋根にブロンズ像のオブジェが見える家や、モザイク柄の複雑な構造の建築物など、そこそこ大き目な屋敷に仕事で出入りしたことのある茜ですらお目にかかったことがないような豪邸が並んでいる。

この中のどこかに、有名な企業の社長やスポーツ選手の家もあるらしいが、残念ながら茜にはどの家がそうなのかはわからなかった。

呆気に取られながらも、蘇芳に書いてもらった地図と名刺を見ながら、坂を登っていく。

やがて豪邸が建ち並ぶ一画に、ひときわ豪奢な家が見つかった。植木屋を呼ばなかったら剪定がまず無理な大きな木々に囲まれた家であった。茜は蘇芳の渡してくれた名刺と地図を何度も見比べる。住所によるとここが須王邸らしい。

茜は恐る恐るチャイムを鳴らした。

「はい」

「す、すみません……蘇芳先生のお使いで伺いました……こちら、須王臨先生のお宅でよろしいでしょうか……？」

「ああ、君か。入ってくれたまえ」

「えっ……？」

インターフォン越しの声と共に自動で門が開いたことに、茜は目を見開く。電動式の門のある家というのも、ほとんど見たことがない。

門から続く飛び石の上を歩き、大きな玄関扉を恐々と開けて中に入ると、着物姿でやや灰色がかった髪の男性が現れた。文豪のイメージというのはこういうものなんだろうか、と同じ着物でも着崩れた感のある蘇芳の着流しを思い浮かべながら、ぼんやりと思う。

「おや、蘇芳くんのところから来たと聞いたけれど。あの変わり者がようやく人を雇うことを覚えたなんてねえ……」

そういえば、と茜は思う。あの人は東京暮らしに嫌気が差して、芦屋にまで来たと前に聞いたことがある。知り合いらしい須王からしても、蘇芳の行動は物珍しいようだ。

そこまで考えてから、用件を思い出して、持たされた封筒を差し出す。

「きょ、今日中に届かないと困るとお伺いしました。こちら蘇芳先生のところに間違って届いた荷物です。それでは、私はこれで……」

「まあ、待ちなさい。バスで来たんだろう？　あそこのバス停、次のバスが来るまで時間がかかるし、この辺りは自販機もないからね。あんなところでずっとバスを待っていたら熱中症になるよ。お礼と言ってはなんだけれどお茶を出すから、それを飲んでから帰りなさい」

　須王の指摘で茜は気付く。六麓荘は高級住宅街だからだろうか、麓のバス停の時刻表を見た限りだとバスの本数が結構少なかったようだし、ここに来るまでにひとつも自販機を見かけなかった。バス停の近くには日陰もないし、たしかに困る。

　茜は「ありがとうございます……」と頭を下げて、須王の案内してくれた応接間に入っていった。

「汚いところですまないねえ、すぐにお茶を用意するから、そこで座っていてくれたまえよ」

「い、いえ……本当にお気遣いなく」

「いやいや、蘇芳くんのところの子ならね」

　蘇芳の作家としての交友関係はあまり知らないが、須王のほうはずいぶんと蘇芳を買っているようだった。そういえばふたりとも名前だけでなく、格好や口調まで似ているなとふと気付く。

　通された応接間の様子を見てから、茜は小さくなりながらソファーにちょこんと腰を下ろす。

　部屋の中にはずいぶんと高そうな壺に花が活けてあるし、なにかの小説の賞の表彰状やトロフィーが並んでいる。茜は少しだけ本を読まないことを反省しながら、それらを眺めていると、須王が戻ってきた。

ガラスの器に冷茶を淹れ、お茶請けに饅頭まで持ってきてくれた。

「そ、そんな、わざわざお菓子まで……！」

茜があわあわしながら言うと須王は「いやいや」と顔を綻ばせる。

「こんな山の上だったら、なかなか人が尋ねてくることもないからね。ときどき編集者やテレビの取材が来るくらいで」

「そうなんですか？」

「バスから見たと思うけど、ここは家が大きいばかりでなにもないからね。買い出しは全て車頼りだよ。まあ、静かさは買えたけどね」

たしかにこの付近には店が一軒もないから、一旦山を降りない限りは生活も不便だろう。その代わり電車も大通りもないから、騒音とは無縁だ。

それにしても、最近は本が売れないと聞くのに、作家業だけで豪邸暮らしができるなんてすごいと思う。蘇芳は言霊遣いの副業……というより、茜からはこちらが本業に見える……がなかったら生活が成り立たないというのに。

「すごいんですね、須王先生は」

そう茜がしみじみ言った、そのときだった。

パリン　パリン

いきなりガラスを割ったような音が響き、驚いて茜は顔を上げて窓を見るが、窓は割れていない。茜は困った顔をして、須王に視線を向けると、須王は眉を下げる。

「困ったものだ。今日は久々の客人だというのに」

「あ、あの……この音はいったい……？」

「このところずっとこうだよ。ラップ音って知っているかい？　幽霊が起こす現象らしいけど」

「え……幽霊って……」

「鳴りはじめたのは、つい最近だけどねえ」

そう溜息交じりに須王が訴えた途端、その声を遮るかのように、壁を殴る音が響いた。

その後、ドタドタと子供が駆けずり回っているような床音が響いたかと思ったら、キィキィと窓を爪を立てて引っ掻くような音、ドドドドと地鳴りのような音が続く。

茜はもう、折角いただいたお茶請けの饅頭の味も、冷茶の冷たさもわからないまま、ただ震えていた。

なによりも、須王が「困ったものだ」という顔をするばかりで、ちっとも気にしていない様子なのに、ますます困惑する。

なんの味もわからないまま、お茶を無理矢理飲み終えた茜は「ご馳走様でした！」と頭を下げて、逃げ出すように須王宅を出た。

蟬の大合唱を耳に、坂を下ってバス停に出るものの、バスはまだ来ていない。須王が引き留めたのだって、バスの待ち時間を考えてだというのに。

日陰もない、自販機もない。だからと言って失礼を働いた須王宅には戻りたくない。茜は泣きそうになりながら立ち往生していると。

目の前に滑り込むように車が停まった。

運転席の窓が下がったと思ったら、そこから女性がひょっこりと顔を出した。

どこかで見たことあると思って茜はきょとんと彼女を眺めていて、思い出した。上甲子園でパーティーの準備をしているときに、わざわざ手伝いの自分にまでお礼を言ってくれた女性だ。

「またこんなところでお会いしましたね。この辺り、バスがなかなか来ないんですけど」

「そ、そうみたいですね……」

上甲子園といい六麓荘といい、高級住宅街でばかり会う人だなと、茜がぼんやりと思ったところで、彼女は助手席のドアを開けた。

「どうせ今から帰るところですから、ついでに送っていきましょうか？」

「そんな、申し訳ないです……タクシーを捕まえますから」

そもそも一度会っただけの人に、そこまでしてもらえる覚えがないので、いきなり親切にされても困るというものである。茜が手を振って遠慮の意を唱えるが、彼女は「ですけど」と続ける。

「ここから十分下っていけば、大通りに出ますから、タクシーは捕まえられるとは思いますけど。この日差しの中で徒歩はちょっとお勧めできません」

たしかに、と足元に視線を落とす。日差しが強い上に、先程からアスファルトの照り返しが原因で、茜の履いている底の薄い靴が熱いのだ。

茜はさんざん考えてから、「JR芦屋駅まででしたら……」と言ってから、彼女の車に乗り込んだ。

車内は冷房が効いていて、先程のアスファルトの上より何倍も快適だった。丁寧な運転で、カーブの多い道もゆったりと下っていく。

彼女は運転しながら「ごめんなさいね」と謝る。

「あの辺り、坂道もそうだけれどカーブも多いでしょ？　運転が荒い人が多いから、あの辺りでひとりで待っているのは危ないかなと思ったんですよ」

「そ、そうだったんですか……意外です。六麓荘なんて、ベテラン運転手を雇っているお金持ちの人しかいらっしゃらないのかと思っていましたから……」

金持ちのイメージがふわっふわしている茜の意見に、彼女は笑うこともなく頷く。

「ひと言でお金持ちって言っても、いろんな方がいらっしゃるから。新しい車を買ってはしゃいでしまう人もいるんですよ」

「なるほど……？」

そう相槌を打ちながらも、彼女とは一度しか会っていないものだから、どう呼べばいいのかと茜が困っていると、彼女は車を運転しながら「ああ」と言う。

「すみません、知っている顔とはいえど、いきなり誘拐みたいな真似をしてしまって。私、茨城陽子と申します。ちょっと家に行っていたんですよ」

「家、ですか……？　パーティーがあったのは、上甲子園で……」

「実家は上甲子園ですね。六麓荘は別荘みたいなものですけど、たまには顔を見せないとうるさく言われてしまうんで」

「そうなんですね……？」

　お金持ちだと、家が何軒もあるのは当たり前なんだろうか、とぼんやりと考える。いくら富裕層の家のハウスキーピングをしているからと言っても、それぞれの家庭の事情に詳しい訳ではない。

「先程は須王先生のお宅から出ていらっしゃったみたいですけど、お仕事ですか？」

　陽子に話を向けられて、茜の思考はぱっと打ち消される。

「いえ、須王先生の家で働いている訳ではないんですよ。今日はお使いでお邪魔していただけで、今働いているのは別のお宅です」

「そうでしたか……」

　少しだけ残念そうに目尻を下げる陽子に、茜は目を瞬かせる。

「あの……？」

「いえ、ハウスキーパーの方でしたら、富裕層の家庭のことに詳しいかなと思っただけで」

「い、いえ。ドラマとかでよく家庭の事情に首を突っ込んでいるハウスキーパーは見かけますけど、それはごく少数派で、ほとんどの方は、あそこまで家庭の事情に介入しませんから」

「ああ、そうなんですね。いえ、別にいいんですよ。ただ、私もお金持ちの方との会話に困っているだけで」

陽子の言葉に、茜はますます困惑していた。上甲子園や六麓荘に住まう人が、どうして富裕層との会話に困っているのか。

陽子としゃべっている間に、だんだんとモザイク模様の街路が洒落た区画が見えてきた。ＪＲ芦屋駅付近は、景観条例の厳しい芦屋の中でもとりわけ厳しく、その分だけ落ち着きながらも華やかな街並みが広がっている。最近駅前ビルの改装工事が終わったばかりで、真新しい印象がある。

「ああ、ここでよろしいですか？」

陽子に聞かれて、茜はようやく自分が名乗っていなかったことに思い至る。茜は肩掛け鞄からガサガサと名刺入れを取り出すと、自分の名刺を差し出した。

陽子は長い睫毛を揺らして、茜を見ると両手で名刺を受け取った。

「北村茜さん」

「はい。本当にわざわざご親切にありがとうございます。これで私も仕事先に戻れます。あの……名刺にあるのが私の連絡先です。また機会がありましたら、そのときにお話でもさせてください、茨城さん」

「あー……できたら、下の陽子でお願いします。茜さん」

「え？　はい、わかりました、陽子さん。本当に、ありがとうございます」

茜が頭を下げてから車を降りると、車は静かに去っていった。途端に蟬の鳴き声が鼓膜を震わせ、先程までの快適な車内での会話は、本当にあったことなのかどうか疑わしくなった。

そこで、ふと鼻先をなにかの匂いが通っていったことに気付き、茜は鼻を動かした。バラの芳香である。

思わずきょろきょろと辺りを見回してみるが、ハンバーガーショップのテラス席で食事を摂っている人も、通り過ぎる人も、バラの花束は持っていない。香水にしては香りが淡過ぎる。

前にも季節外れのバラの花びらが降ってきたし、どういうことなんだろうと首を捻りつつも、とにかく蘇芳の家に戻らなくてはと、茜は慌てて歩き出したのだった。

＊　＊　＊

蘇芳宅に戻ると、蘇芳は食卓の椅子に身を投げ出したようにして座り、天井を仰いでいた。あれだけ荒れていたのはどこへやら。今は疲れ果てたように、ぼーっとした顔をしている。どうも仕事の山場は越えたらしい。

「ただいま戻りました、蘇芳先生。お茶を飲みますか？」

「ああ……すまなかったね、北村さん。いただこうか」

疲れ果てている蘇芳を気の毒に思いながら、茜はお湯をやかんで沸かしはじめる。

「お仕事は済みましたか？」

「ああ……もう私の仕事は済んだからね。あとは出版社に任せるさ」

「本当にお疲れ様です。よろしかったら、蘇芳先生が好きなものをなにかひとつつくりましょうか？　夕飯のときにでも」

「そうだねえ……」

茜はお湯が沸くまでの間、半分だけ済ませてあった夕食づくりの準備に戻りつつ尋ねる。いつも舌がよく回る蘇芳も、疲れ果てて今は口調があまりはっきりとしない。しばらく天井を仰いだまま、ぽつんと言う。

「デザートだけれど、抹茶プリンが欲しい」

「あら、蘇芳先生。抹茶プリンがお好きでしたか」

緑茶が好きな人の中には、緑茶に砂糖の入ったものは邪道だと怒る人も多いから、少し意外に思えた。

「甘いものは好きだよ。お茶にも合うし」

「まあ……じゃあ、デザートとして追加しておきますね」

材料があったかと料理の算段を付けつつ、茜は「そういえば」と言った。

「須王先生のお宅にお邪魔しました。あの方、すごい作家さんだったんですねえ。近所のお金持ちの方も、名前をご存じでしたよ」

「……そうだねえ」

須王の話を向けてみるものの、蘇芳の反応はいまいち優れない。よっぽど疲れているんだろうか。話題を失敗しただろうかと焦ったものの、茜はふと思い出す。

「バスを待つ間に須王先生に、お茶をいただいたんですけど。そこですごい騒音に見舞われました」

「騒音？　六麓荘ではそんなの滅多になかったと思うけど」

ぼーっとしていた蘇芳の目が、少しだけ正気に返ったかのように、細められる。茜はあれ、と思いながらも続ける。

「須王先生は、最近よくあるとおっしゃっていましたけど……ラップ音が頻発しているって」

「ふむ……」

蘇芳は唸り声を上げると、立ち上がって急に茜の髪に触れた。茜はぎょっとして目を剝いて蘇芳を見る。

「あ、あの……？」

「北村さん。若干言禍の気配が残っているんだけど」

「え」

突然そんなことを言われて、茜は開いた口が塞がらなくなる。蘇芳は着流しの袖から、小さな手帳を取り出す。いつも言禍を吸収している大き目の本よりも小さいが、こちらも表紙背表紙裏表紙、全て真っ白なものだ。蘇芳がそれを茜にかざすと、だんだんと色付いていく。

それはいつものようにはっきりとした絵ではなく、まるでパステルを画用紙に塗り、思いっきりぼかしたみたいに輪郭がなく、描かれている絵の概要はわからないものだった。

「あのう……これもなにかの話なんでしょうか？　私には、色合いが淡過ぎてよくわからないんですが……」

「君に移った言禍の残り香みたいなものだからね。いつかのボヤ騒ぎのように、他人を傷付けようとすることは実のところ稀さ。ほとんどの場合は三枝さんのときのように、自分自身から蝕むものだからね」

「そうなんですか……」

そういえば、それは以前も蘇芳が言っていたような気がする。嘘も続けて三回ついてしまうと、それをついた本人も嘘か本当か認識できなくなってしまうと。言禍が最初に蝕むのは、言葉を発した本人からなのだと。

蘇芳は色付いた手帳に視線を落とす。

「でも……この言禍、二種類ないかい？」

「え？」

「元々残り香みたいなものだから、そこまではっきりとは絵が出ないんだけれど、一部、絵が二重になっている。北村さん、須王先生以外にも、誰かに会ったみたいなこと言っていたけど、その人に心当たりはないかい？」

「そう言われましても……」

須王宅にお邪魔した際には、ラップ音に見舞われて怖い思いをし、そこから逃げ出すようにして飛び出した。でも茜には、なんの被害も及んでいない。それにそのあとに陽子と遭遇して駅まで送ってもらったが、それくらいしか心当たりがないのだ。

「……仕事で一度お会いしたことがある方と、たまたま六麓荘で出会ったくらいですよ？」

「ハウスキーピングのかい？」

「はい。臨時の仕事に出かけた際、そこでお目にかかった人に。でもその方と二回ほどお会いしましたが、どちらも不可解なことは起こりませんでしたけど……」

一応は業務上のことだからと、陽子の個人情報はできる限りぼかしながらそう伝える。

それに蘇芳は「ふむ……」と考え込むようにして、顎に手を当てた。

「須王先生の場合は、心当たりしかないんだけどねえ……」

蘇芳の独り言に茜が首を傾げていたところで、思考を断ち切るかのように、やかんが沸騰を告げるべくカタカタと揺れ、湯気を出す。

茜は慌ててお茶を淹れる準備をしながら、考え込む。

蘇芳は以前にも言っていたのだ、小説家は嘘を書くからこそ、余計書くときに気を遣っていると。須王は違うんだろうか。蘇芳よりもよっぽど売れっ子のようだったが。

須王の小説を一冊くらい読んでみたほうがいいんだろうかと、茜はぽつんと思った。

＊　＊　＊

仕事帰り、駅前の本屋に立ち寄り、店員に尋ねてみる。

「すみません、須王先生の小説を探しているんですが」

「すおう先生？　王様のほうと色のほうと、どちらですか？」

そういえば、蘇芳本人も出版社の問い合わせでそう区別していたなと、茜は吹き出しそうになりながら「王様のほうです」と伝えると、店員は小説の棚に案内してくれた。

「初期作品はあちらの純文学のコーナーなんですけど、最近のは専らこちらですねぇ」

「ありがとうございます」

それに茜はお礼を言ってから、棚を眺める。

教えてくれた棚は、エンターテインメント小説のコーナーだった。そこに平積みでどっさりと須王の最新作が積んである。そういえば、名前が同じだから蘇芳の本も近くにあるだろうかと思って見てみたら、棚の【す行】と書かれた箇所に数冊ほど差し込んであるだけだった。

売れている作家とそうじゃない作家は、ここまで扱いが違うものなんだろうか。出版業界のことがわからない茜は、本の待遇の差に呆気に取られながらも、ひとまず目的の須王の本を手に取って、パラパラとめくってみる。

ノンストップの逃走劇で、小説をほとんど読まない茜でも面白く思える。

茜は「ほお……」と感嘆の息を吐いて、その本を購入しようとレジへ持っていこうとしていると。

「あー、王様の本まだ売ってるー」

大学生くらいの女性が、顔をしかめて須王の本を睨みつけていた。一緒にいる女性も顔を若干しかめている。

「いい年して、恥ずかしいよね。本当に」

「なんで発売中止しないんだろ。売れるから？　売れたらなにをしてもいいの？」

「今の規定だったら、盗作された人が訴えなかったら外野がなにを言ってもどうしようもないじゃん」

「でも盗作じゃん。これなんて典型的なさあ。昔のようにこぢんまり純文学だけ書いてたらよかったのに、欲かくからこんなもん世に送り出せるんだよ。その出版できる権利、他の作家に回したらいいでしょ」

どうもふたりとも、かなり本を読んでいるらしい。

それにしても、茜は聞いてはいけないことを聞いたような気がする。

茜は黙って純文学のコーナーに行ってみると、先程店員や女性たちが言っていたように、須王の小説がひっそりと並んでいる。【須王先生の最新作はあちら】とエンターテインメント小説のコーナーの店内地図がＰＯＰと一緒に貼ってあるので、売れ筋の作家の初期作もまとめて売ろうとしているんだろうと察する。

茜はその中で一番薄い本を選んで、ぱらぱらとめくってみる。

「……あれ？」

最近発売されたもののほうが、明らかに文章が軽い。それこそ本をほとんど読まない茜でも内容がわかるほどに。

しかし純文学を書いていた頃の彼の文章は、粘りを帯びたような文体で、本を読み慣れていない茜からしてみれば読みにくい文章である。明らかに文体が変わっているのだ。

作家の中では、書くジャンルによって書き方を変えている人もいるらしいが、文体なんてそこまではっきりと変わるものなんだろうか。

迷った末、茜は須王の純文学とエンターテインメント小説、一冊ずつ買うことにした。

今まで、言禍が現れたとき、ネットに書かれたことも呼び水になっていたように思う。

それに、蘇芳が溜息交じりに言っていた「心当たりしかない」という言葉の意味。

まさか、と思いながら駅に向かい、電車を待つ間、スマホで検索をかけた。

まずは先程本屋で耳にした【盗作】で検索をかけてみると、「他人の作品の全部または一部を、そのままで、自分のものとして無断で使う行為」と説明が出てきた。

アイディアやコンセプトは盗作には含まれないらしい。そういえばドラマでも刑事ドラマが流行ればどこの局でも刑事ドラマが放送されるし、医療ドラマが流行ればどこの局でも医療ドラマを放送するが、それが盗作なんて騒がれたことはなかった。

なるほどと思いながら、次に【須王臨】で検索をして、茜は息を呑む。

【須王臨盗作検証サイト】

検索してみて、真っ先にこの記事が目に入ったのだ。

震える思いで、その内容を確認してみる。

茜は人の悪意に弱く、ゴシップ記事も苦手だから週刊誌もできる限り読まないようにしているが、これがあのラップ音と関係あるのだったら、見ない訳にもいかなかった。

恐々とそれを見て、蘇芳と一緒に見ればよかったと、早速後悔する。

【須王作品盗作疑惑リスト】
【盗作被害疑惑リスト】
【検証一覧】

どこにもびっしりと盗作疑惑のある須王の著作リストが並び、盗作被害を受けた作品リストがそれに続いている。しかもプロの商業作品どころか、一部はアマチュアが趣味で書いた作品まで混ざっている。

どこのページのコメント欄にも、罵詈雑言とでも言うべきコメントがびっしりと書き込まれているのだ。

滅多に本を読まない茜が面白いと思った本も、盗作疑惑リストの中に書かれていた。だんだんと気分が悪くなってきた茜は、黙ってスマホの電源を落としてしまった。

書かれたことの真偽は定かではないが、どのみち須王にはなにかしらの言禍が働いている。でなかったら、茜に纏わりついていた言禍の気配も、須王宅で聞いたラップ音も、説明の付けようがない。

このことを蘇芳は知っているんだろうか。それとも、知らないんだろうか。

【電車が到着します――白線の後ろに下がってお待ちください――……】

仕事の行き帰りに耳にするアナウンスの声に、安堵を覚えながら、茜は電車に乗り込んだ。芦屋川の流れを眺めながらも、とにかく今は早く家に帰って、眠ってしまいたかった。

＊　＊　＊

翌日。茜は蘇芳宅に出勤すると、洗濯機を回してから、外の掃除をする。昨日ひとつ大きな山場を越えたせいなのか、蘇芳はちっとも起きてこず、茜は仕方なくブランチの用意をはじめる。

卵液に食パンを漬け込んでおき、起きてきたらフレンチトーストが焼けるように冷蔵庫に入れてから、外玄関の掃除に向かう。

昼間になったらむせ返るような暑さになるが、朝はまだ風が通っていて涼しい。蟬時雨に耳を澄ませながら、箒を動かしていると、門の向こうに見覚えのある姿が目に留まった。

着物姿の須王がカンカン帽を被って立っており、茜に目を留めると軽くカンカン帽を持ち上げた。

「やあ、朝からご苦労様」

「お、おはようございます！　昨日は大変失礼しました」

茜は頭を下げると、須王はにこやかに笑う。

「いやいや。ところで、今日は蘇芳くんはご在宅かな？　ちょっと相談したいことがあるんだけれど」

そう言われて、茜は肩を跳ねさせる。蘇芳は未だに惰眠を貪って起きてこない。茜はあわあわしつつ、「少々お待ちください！」と須王に謝ってから、蘇芳宅にとって返した。

慌てて蘇芳の部屋の戸を大きくノックする。

「蘇芳先生、蘇芳先生！　起きてください！　お客様ですよ！」

「……お客様……？　今日は帰ってもらえないか……頭が……働かな……」

蘇芳は寝ぼけているのか、声が出ていない上に、舌も回っていない。しかし、蘇芳の先輩に当たる人ならば、そのまま帰すのは失礼に当たるだろうと、なおも茜は戸をガンガンとノックする。

「須王先生ですよ！　せ・ん・ぱ・い・の、須王臨先生ですよ！」

「ん……ああ……須王先生、やっぱり来たのか……」

ようやく意識を取り戻したような声を上げたかと思うと、ガサガサと音がしたあと、ようやく戸が開いた。着流しの着付けがやや乱れてはいるし、髪もとっちらかってはいるが、ギリギリ許容範囲だ。

茜は蘇芳と一緒に台所に行き、眠気覚ましに濃い目の緑茶を淹れて差し出した。蘇芳はそれを一気飲みして、応接室へと向かっていった。

それにほっとしてから、茜は再び玄関へと戻る。

「須王先生、大変お待たせいたしました。どうぞお入りください」

「やあやあ、君も苦労しているみたいだね。蘇芳くん、自分のペースを崩されるのを大層嫌うから」

「いえ……」

「彼もいい作品を書くんだけどね、あのマイペースさが災いして、編集者ともすぐに揉めるんだよ。おかげですぐ編集者と喧嘩別れしてしまうから、なかなか作品が世に出なくって。もったいないことだよ」

茜は押し黙る。東京にいた頃の蘇芳のことを、茜はなにも知らない。そして東京にいた頃の蘇芳のことを知っているらしい須王のこともだ。

須王が純文学を捨てて、エンターテインメント小説に移行したのも、盗作疑惑をかけられてしまっているのも、編集者とのやり取りが原因なんだろうか。

わからない。茜は残念ながら、読書しないことはもちろんのこと、文壇の事情にも疎い。

　ひとまず須王を蘇芳の待っている応接間に案内すると、茜は須王に淹れるお茶の準備をはじめた。緑茶を湯呑に注ぎ入れ、お茶菓子を添えて持っていったら、ふたりは和やかに会話をしていた。

　普段から出版社の人をさんざんおちょくり倒している人が、こんなに他人と和やかに話ができたのか。茜は不思議に思いながら、「失礼します」と湯呑とお茶菓子をそれぞれの前に並べていると、ふたりの会話が耳に滑り込んでくる。

「しかし、まさか君がハウスキーパーを雇うなんて思ってもいなかったけど」

「そうですか？　自分も貧乏暇なしで、なにかと家事が滞っておりますから。それはさておき、先日も緊急増刷おめでとうございます」

「いやいや、君も上手くやればそれくらいすぐだろうさ。さて、ただのお世辞はここまでとして、ちょっと相談なんだけど。君、前に言禍の気配がわかるって言ってただろう？」

　お茶出しを終えて立ち上がろうとしていた茜は、そこでつんのめって、お盆を頭にぶつけた。痛い。蘇芳は苦笑しつつ「北村さん、須王先生は私の副業を知っているから」と言い添えた。

言禍のことは、決してポピュラーなものではないが、執筆業の人が言霊遣いを副業としているというのは、茜の全く与り知らない文壇のほうでは知られているんだろうか、とぼんやりと考える。

須王は意外そうに目をぱちくりとしてみせる。

「意外だね。人間嫌いの蘇芳くんが、言霊遣いの話をわざわざハウスキーパーの彼女に教えているなんて」

「いえ、副業中に彼女も被害に遭いかけましたから」

「ああ……」

須王は納得したように声を上げてから、ようやく口火を切る。

「彼女からも聞いてないかい？　君にうちのラップ音の調査をしてほしいんだよ。このところ、ますますひどくなってね。ええっと、ハウスキーパーの……」

茜のほうをちらりと見たので、茜は慌ててお盆を抱き締めたまま、頭を下げる。

「北村、です」

「そう、北村さんがうちにお使いにやってきたときも、ひどくってねえ。彼女、大層脅え切ってしまっていたから。あれをなんとか調伏できたりしないのかな？」

その須王の提案に、茜は困惑の眼差しで蘇芳を見る。蘇芳は自分の力は、せいぜい言禍の気配を本に閉じ込めて、原因を調べることくらいしかできないと言っていた。言禍を御しきることなんて無理じゃないだろうか。

蘇芳はポーカーフェイスのまま、茜の淹れた緑茶をひと口だけすする。

「……私も、現場を見てみなければ、対処できるものかわかりませんが。須王先生のお宅にお邪魔することはできますか？」

「ああ、見てくれるかね？」

「私でよろしかったら。しかし、私が今日お邪魔しても大丈夫でしょうか？」

「かまわないよ。来てくれるんだったら」

須王は破顔しているが、話を聞いていた茜は困惑しきっていた。ラップ音はともかく、蘇芳が須王の問題を解決できるかわからなかったからである。

蘇芳は自身の最低限の服装を見下ろしてから言う。

「さすがにこの格好で六麓荘に向かうのは気が引けますから、着替え次第伺います。先に須王先生は帰ってください。押っ取り刀で伺いますから」

須王が納得して帰っていったのを、茜は見送り、困惑のまま蘇芳に言う。

「あの……失礼ですが。須王先生の言禍って、解決できるものなんでしょうか……？」

着替えに向かった蘇芳の寝室の前で訴える。昨日見たネットの情報を、鵜呑みにしていいものかどうかはわからないものの。昨夜は寝る前に二冊の本を読み返したが、もやもやとした違和感が消えないのだ。

「……須王先生、デビュー時と現在だと作風が別人と言っていいほどに変わってらっしゃるようなんですが。現在の作品は、盗作の疑いが出てらっしゃるらしいんですけど……これって、言禍の元凶と、考えられないでしょうか……？」

「おや、北村さんは本をあまり読まないと聞いていたんだけれどねえ」

「き、昨日。ラップ音が怖かったので、調べました……勝手なことをして申し訳ありません……でも蘇芳先生は、須王臨先生のことをよくご存じだったみたいなので、私のネットでのみの情報より、詳しいんじゃないかと思いまして」

「そうだねえ……」

蘇芳はようやく着替え終えて、部屋から出てきた。

涼し気な単衣のお召で、いつも着ている着流しよりも布地はいいもののように見える。

茜は急いで冷蔵庫に入れていたフレンチトーストを焼き上げると、蘇芳はそれを緑茶で流し込むようにして平らげた。

そして茜に「少々六麓荘まで付き合ってくれないかね？」と手招いた。彼の手には何冊もの本がある。茜は困惑したまま頷くと、自身のカートに彼の持っていた本を押し込み、共にバス停へと向かった。

「あの人は、私がデビューしたときに、親身になって文壇のことを教えてくれて、世話をしてくれた人だよ。大昔だったら師弟関係と呼んだのかもしれないし私も師と思っているけれど、あの人からしてみれば、私はせいぜいファンとかそれくらいの存在だったと思うよ。今のご時世、書くだけで食っていくのは難しいからね。売れ筋の作品ばかりがもてはやされる中で、文章はどうあるべきか、小説はどうあるべきかと討論していくのは、とても楽しかったけど」

その言葉に、茜は須王の作品を思った。

面白かったのは、たしかに最近の作品だったが、文章があまりにもさらさらとし過ぎて、印象的なセリフやシーンが思い出せない。

しかし、難しい純文学だった初期作品のほうは、粘りを帯びた文章で綴られていて、伝えたいテーマやメッセージ性が強く印象に残るように思える。

本をほとんど読まない茜ですらそう思うのだったら、ビブリオマニアたちはいったいどういう目で須王の作品を見ているのだろう。

大衆向けにエンターテインメント重視の作品を書くのは全く悪くはないが、こうも作風が変わってしまい、次から次へと具体的に疑惑の作品を上げられたら、盗作を疑われてもしょうがない。

　バス停でバスを待ちながら、蘇芳は蟬時雨に負けないように声を張る。

「今はとかく本が売れない時代で、純文学と呼ばれるジャンルもどんどん縮小している。大物作家と新人作家ばかりがパイを奪っていき、中堅作家は生き残りを模索しないといけない。そんな中、須王先生は純文学からエンターテインメントにジャンル転向したんだ」

「それで……今の作風に変わられたんですか？」

「……須王先生、ジャンル転向されたときは、新しいジャンルに苦労しながらも、自力で書いていたはずなんだよ。私もその頃はまだ、須王先生の作品を読んでいたから」

　その言葉に、茜は蘇芳の顔を見た。

　日頃から、とにかく自身を摑ませないような、人をおちょくるような言動ばかり取る人が、本当に珍しく悲し気な声で話す。

　蘇芳の普段の言動や服装は、須王によく似ている。それは蘇芳が無意識なのか意識的なのかはわからないが、慕っていた須王の真似をしていたのではないか。

「あのう、蘇芳先生の着物姿だったり、口調だったりは……須王臨先生に似てらっしゃいますね？」

茜が思いついたことをぽつんと言ってみると、蘇芳は目尻を下げた。少しだけ泣き出しそうな顔に見えた。

「世話になっていた頃によく言ってらしたからね。『何事も格好をつけたまえ。それが作品に宿るのだから』と。和装でいるのだって、あの人から教わったようなものだからね」

そうしみじみと語る蘇芳の言葉は、思い出語りというには悲しそうだった。

松の並木道には、あまり日陰は落ちない。ふたりでジリジリと夏の日差しに焼かれていると、ようやくバスがやってきた。

バス内のよく効いた冷房にほっとしつつも、そのまま蘇芳が押し黙ってしまったのを、黙って茜は見上げる。

蘇芳は須王のことを慕っているようだったが、今は距離を置いている印象。同じ芦屋に住んでいるはずなのに、今は互いに連絡すら取り合っていないようだった。

そもそも。先程の話の中で、須王の盗作疑惑を、蘇芳は一度も肯定も否定もしていないのだ。バスがどんどん坂を登っていき、昨日通った六麓荘の麓へと辿り着く。

バスから降りた途端、蘇芳は体をびくりと跳ねさせる。

「蘇芳先生？」

普段の様子とは違うのに茜が驚いていると、蘇芳は辺りを見回す。

「……北村さん、君、昨日は何故か言禍の残り香をふたつ付けて来ていたね？」

「ええっと……私自身は、なんともありませんでしたが、そうみたいですね」

「今の六麓荘はどうなっているんだい。こんなに言禍を漂わせて……」

蘇芳は溜息を吐くと、袖の中から小さな手帳を取り出し、それに言禍を吸わせはじめた。

茜は色付いた手帳を見るものの、須王の家にお使いに行った帰りと同様、水彩のような淡い色が付いただけで、やはりいつものような具体的な物語は浮かび上がらなかった。本当に残り香みたいなもので、言禍の元凶が六麓荘のどこかにあるということ以外はなにもわからない様子だ。

蘇芳もそれはわかっていたのだろう。黙って手帳を袖の中に戻すと、ぐるりと六麓荘を見渡す。

「もうひとつの言禍も気になるところだけれど、今は須王先生のほうが先だね。行こうか」

「は、はい……」

茜は頷いて蘇芳に付いて行った。あのラップ音がまた起こるんだろうか。そう思いながら、茜は身を震わせた。

＊　＊　＊

須王宅に到着すると、先に帰っていた須王がすぐに出迎えてくれた。

「やあ、本当にわざわざありがとう。バス代くらい出すよ」

「いえ、結構ですよ。それじゃ、今まで起こったことを伺ってもよろしいでしょうか」

須王に案内され、応接間へと通された蘇芳と茜は、ソファーに腰かける。昨日見たときと特に変わらない部屋で、茜はまじまじと表彰状を眺めていたら、蘇芳もそちらに視線を移す。

須王はふたりに緑茶と饅頭を用意してくれた。

「すまないね、まだハウスキーパーが来てないから、簡単なものしか出せないけれど」

「いえ、お構いなく。それで、須王先生の家で、ラップ音が響くようになった時期というのはわかりますか？」

「そうだね……」

須王は茜が見ていた表彰状に視線を向ける。去年の日付が書かれている。

「去年のイマジネーション大賞を受賞したときからだね」

「イマジネーション大賞？」

「ああ、蘇芳くんが知らなくても当然か。これはネットの読者投票による、エンターテインメント小説の大賞だからね。それを受賞した途端に、ラップ音に悩まされるようになったんだよ」

「ふむ……」

須王の言葉に、しばし蘇芳が黙り込んだときだった。

パリンと、ガラスの割れるような音が響いた。それに茜は反射的に両手で耳を塞いだ。

須王は「またか」と慣れたように顔を上げた。

子供がドタドタと駆け回るような足音、まな板を包丁でトントンと叩くような音、ビリビリと紙を破るような音……。

応接間では誰も走っていない、誰も包丁を持ち込んでいない、紙だって誰も破いていないというのに、ありえない音がひっきりなしに聞こえてきたのだ。

震えて肩を竦めさせる茜に蘇芳が目を向ける。

「北村さん、昨日もこれを聞いたのかい？」

「は、はい……」

「ふむ……須王先生。この言禍を全て吸ってもよろしいですか？」

「そうしてくれたまえよ。原稿をしているときも、食事のときも、寝るときすらこんな音がずっと響いていていたんじゃノイローゼになってしまうよ」

「……そうですか」

蘇芳は少しだけ悲しそうに目を伏せると、ようやくいつもの真っ白な本を取り出した。

「私は、できればこの言禍を吸いたくはありませんでした」

隣にいる茜にしか聞こえないような声でそうぽつんと呟いてから、本を広げた。途端に、真っ白な本はどんどん色付いていく。

そこに描かれたのは、珍妙な絵だった。

大量の鳥の羽を、次々と自分の体に差し込んでいくカラスの絵だった。

「えっと……これは……」

茜は派手なカラスの絵に戸惑っていると、蘇芳は出てくる言禍のイメージがわかっていたかのように呟く。

「……やっぱりか。これは『おしゃれなカラス』だね。イソップ童話の」

イソップ童話は一話一話がとても短く、どの話も教訓をわかりやすく教える寓話という形を取っている。

その中の一話『おしゃれなカラス』もまたそんな話だった。

一番美しい鳥を決める大会に出ることにしたカラスは、自身の真っ黒な姿ではちっとも目立たないからと、大会に出る予定の鳥たちが落とした羽を拾い集めて自身の体を飾り付けることを思いつく。

そして大会に出たカラスは、彩り豊かな姿で一斉に注目の的になったが、自身の羽を奪われたことに気付いた出場する鳥たちを怒らせてしまい、皆の前で羽をむしられて丸裸にされてしまうという話だった。

教訓はいろいろ言われているが、その内のひとつに「他人の力を使ってのし上がろうとしたら、いずれボロが出る」というものがある。

茜は昨日見た、盗作疑惑検証サイトのことを思い出し、おぞましさに顔を引きつらせた。蘇芳は冷静に「北村さん、頼んだものを持ってきてもらえるかな？」と言う。カートに入れるよう言われた本を思い出し、茜は玄関に置いてきたカートへと戻り、本を持ってくる。

「えっと、これで全部だったと思いますけど……どうぞ」

「どうも」

そう言いながら、茜の持ってきた本を受け取る。よくよく見たらどの本にもびっしりと付箋が貼られている。

「正直、初めて見たときは驚きました。こんな作風、誰も真似ができませんから。須王先生、話の構成を考えたのはあなたでも、文章は全て、他の作品から持ってきて、切り貼りしたでしょう？」

蘇芳の言葉に、須王はなにも答えなかった。蘇芳が取り出したのは、問題の受賞作に、大量の本。

須王の小説の一ページ目と、別の本の付箋の貼られたページを同時に広げてテーブルに並べた。

「『寒い朝だった。昨晩に漬け込んだ鮭の味噌漬けを、わざわざベランダにまで出て、火鉢の上に乗せる。脂がクプリと弾ける音が、朝から贅沢だった。』冒頭のこの文は、こちらの料理エッセイからですね？　たしかに文章を一行二行でしたら、引用元の出典を記載していれば、著作権法に違反するとは言えません。しかし……全てのページの全ての文章を、全部キメラのように繋ぎ合わせるなんて芸当、誰もしませんし思いつきませんよ」

「え……全部って……全部、なんですか？」

昨日見た盗作検証サイトに書かれていたことよりももっとひどいことを須王がしてい

たなんてと、茜は言葉が出なかった。

類似文章であったとしても、引用であったら出典元の本を記述していれば、なんの問題もないが。全部つぎはぎにしたものを、作品としてしまっていいものか。

茜には詳しいことはわからない。だが、モラルがないと断定されてもおかしくはない行為だということくらいは、彼女でもわかる。

先程まで穏やかに笑みを湛えていた須王から、表情がどんどん消えていった。蘇芳は感情を押し殺した声で話を続ける。

「……須王先生の盗作疑惑がネットで囁かれるようになってから、私は須王先生の汚名を返上したくて、ずっと調べてきましたが……調べれば調べるほど、黒ということがわかり、鬱屈としていました。須王先生の作品はどれも素晴らしかったのに……どうしてなんですか」

蘇芳の声は悲痛であった。茜はおろおろしながら、ふたりの顔を見比べる。本当に珍しく蘇芳が感情を露わにしているのとは対照的に、須王の表情には色がない。

やがて、須王は冷淡に吐き捨てる。

「……いったい誰が、こんなものを持てはやすのかね。小説など、ほとんど読み捨てるような人間ばかりじゃないか」

蘇芳も茜も、返す言葉がなかった。

須王は淡々と、まるで独り言のように言葉を吐き出す。

「私が精魂込めて書いたものも、誰かの文章を拝借してつぎはぎしたものも、いったいなんの価値があるのかね。持てはやしても結局読み捨てるのだったら、拝借したものでかまわないだろう？　どうして私の魂の一端を、読み捨てられるためだけに切り売りしなければならないのかね？　それで盗作だと騒ぎ立てる連中の、いったいどれくらいが私の作品を読んだ？　この文とこの文が同じというのに悦に入るばかりで、果たして私が拝借した文章の書かれた作品をまともに通して読んだのかね？　売れなければ見向きもしない癖に売れたら売れたで掌を返すのは、出版社も読者もどちらも同じじゃないか。そんなもののために、私は一文たりとも私自身の文章を売り渡すつもりはないよ」

その長々しい呪詛に、茜は震えが止まらなかった。

長くて高尚過ぎて、本をほとんど読まない茜では理解に及ばなかった須王の初期作が頭に浮かんだ。あの粘りを帯びた文章は、須王の魂の一端だったのだろうか。もうそれを誰ひとりにとて切り売りしたくないから、自分の文章を捨てたというのか。

怒っていた女子大生たちの言葉が頭をよぎった。彼女たちは、須王に好きな作家の作品を剽窃されたから怒っていたのだろうに。この人は本当に、そんな読者のことを考えたことがあるんだろうか。

　怒りよりも恐怖よりも先に、茜はただただ悲しかった。

　蘇芳はすっと悲し気に目尻を下げてから、ようやく口を開いた。

「……須王先生、作家がそれを言っちゃおしまいです。校了した作品は、もう作家のものではありません。読者のものです」

　彼の言葉に、須王は明後日の方向に顔を背けた。

　蘇芳の言葉を、肯定も否定もせず、ただ要件だけ告げる。

「……帰りたまえ。言禍を祓ってくれた報酬は、後々振り込むよ」

「結構ですよ。須王先生の依頼ですから」

「こういうことで、貸し借りはしたくない性分なんだよ」

　湿っぽい空気になったまま、蘇芳と茜は重い体を引きずって玄関へと向かう。茜は帰りしな、おずおずと須王に声をかけた。

「あの……須王先生。最新作、読みました……ここで言うのもなんですが……面白かったです」

　ぺこりと頭を下げてから、蘇芳について茜は須王の家を出た。

　蟬時雨がけたたましく、長いアスファルトの坂道を、ふたりで下っていく。

「須王臨先生のところに、また言禍は悪さをするんでしょうか」

茜の言葉に、珍しく落ち込んだ様子の蘇芳は、空を仰ぎながら言う。

「わからないよ。これぱかりは」

いつにも増して、飄々としている彼らしからぬ言葉だった。

「私はね、本当に須王先生の作品はよかったんだ。同業者だから同情と思われてしまったのかもしれないけどね。本当に須王先生の作品はよかったんだ。人間の心の襞を震わせるような、滋味深い作品ばかりだった……読者には作者の苦労なんて関係ないってわかってはいるよ。でも、あれを書くのにどれだけ自分の中のものを割いてたのかと思うと……今のやり方が、残念でならないんだよ」

茜はそれにどう返答すべきか迷った。

蘇芳が普段、出版社の人をさんざんおちょくりながら、小説執筆に挑んでいるのはよく見ている。

茜は残念ながら、創作というものがどういうものなのかはわからない。ただ蘇芳の副業に関わるようになってから、彼がどれだけ言葉というものを大事にしているかだけは理解できた。

だからこそ借り物の言葉を使う須王のことが、残念でならなかったのだろう。

「あの、抹茶プリンつくろうと思うんですけど」

結局茜にはこんなこと以外言えなかった。彼女の唐突な言葉に、蘇芳は少しだけ目を瞬かせた。

「北村さん？」

「本当に申し訳ございません。私、蘇芳先生が残念だとおっしゃっていた、文章をつぎはぎしたって言っていた本。本当に面白かったんです。それを言ったら、お二方を傷付けてしまうかもしれませんが。小説のことも、文章のことも、本当にわからないんですが……その。好きってことだけじゃ、駄目なんでしょうか……？」

普段から、自身の方言が原因でしゃべることが本当に苦手で、黙り込んでいたせいで余計に自身の言葉を見失ってしまっていた茜だが。

蘇芳に元気を出してほしいということだけは、必死で伝えようと思ったのだった。茜は、自身の突拍子もない言葉に、赤面しつつ続ける。

「……その、慰めとかではないんですが……。元気になるとしたら、好きなものに囲まれることかなと、思いまして……だから、抹茶プリンつくろうと思ったんです……」

「……ぷはっ」

先程まで悲壮感に包まれていた蘇芳は、いったいどこに行ったのか。蘇芳は背中を丸めて笑いはじめてしまった。茜はおろおろと蘇芳を見上げる。

「あ、あのう……蘇芳先生？」

「いやあ……悪い悪い……そういえば、北村さんはそういうシンプルな人だったね」

それは馬鹿にされているんだろうか、褒められているんだろうかと茜は悩む。

しかし蘇芳はというと、わずかばかり元気になったような顔をしてみせていた。

「楽しみにしているよ、抹茶プリン」

「……はい」

茜はその言葉にただ頷いた。

＊　＊　＊

須王は別に、最初から人の文章をそのまま剽窃するような人間ではなかった。

語彙を増やすために辞書を読み、文豪と呼ばれる人物の小説を読み、何作も何作も小説を書き上げていた。

しかし、売れなかった。彼の小説は玄人向けであり、同業者や昔ながらの編集者には受けたが、あまりにも大衆向けの作風ではなかったのである。

それでも文壇に残ることができたのは、ひとえに自分の作品を評価してくれている数少ない読者と、同業者たちの声によるものであった。

その人々のおかげで、わずかばかりの書評や連載の仕事を得たことにより、ぎりぎり食い繋ぐことができたようなものである。

人の喪失と再生を願った作品を書き上げたとき、ある編集者に鼻で笑われた。

「今時、才能ないことに悩んで、あるとき別の才能に気付いて吹っ切れるなんて話、流行りませんよ」

何度原稿を出しても、編集者に軽くあしらわれ、自社ではこの作品は受けない、本は出せないと言われ続けた。

いくら理想があれども、本にならなければ届けたい相手に伝わらない。須王自身もどんどんと心身ともに摩耗していった。

そんな中、本当にたまたま本屋に並んでいる本を見た。

自身と同じく純文学を志した作家が、エンターテインメント小説に転向し、奔放な少女のハチャメチャな冒険を描いた作品がヒットを飛ばしていたのだ。

須王はその話を読み、ずいぶんと変わった話だと首を捻りながらも、それを真似して冒険小説を書き上げ、何作かをそれぞれ別の出版社に持ち込んだ。それから。

それは全て書籍化され、その内の一作が大きくヒットしてしまった。須王が今まで見たことがないほどに増刷され、売れたのだ。

【須王先生、大ヒットおめでとうございます！　この機会に、ぜひともわが社でも新作を！】

さんざん自作を馬鹿にした編集者からメールが来たが、須王は無視することにした。

そこで嬉しいとか、よかったと思うよりも先に感じたのは、馬鹿馬鹿しいという、虚しさだった。

自身が魂を込めて書いた作品よりも、小手先だけでなにも考えずに書いた作品のほうが世間に評価され、今までさんざん自分をこけにした人間も、増刷の数字を見た途端に態度を変える。

そんなものに、どうして自分の魂の一端を渡せるのか。

須王は本屋に向かい、無造作に手に取った本を何冊も買い、そこから一行、また一行と文章を選んだ。その文章を自身のつくったテンプレート通りに並べ、整え、小説の体裁にする。

それが売れた。映像化された。今まで本を読んでいなかった読者層が手に取る機会が増え、またおべんちゃらを使うものがすり寄ってきた。賞を獲り、取材依頼が増えてきたが、それと同時に怨嗟の声も投げつけられるようになってきた。

【先生の作品をパクるなんて、なに考えてんだ】

【売れりゃなにしてもいいって思ってんじゃないの？】

【いい年こいてやっていいことと悪いことがわからないなんて馬鹿みたい】

【こんなのずっと残してる出版社ホントどうかしてる】

その声を、須王は冷ややかに見ていた。

汚いものに石を投げつけるのは楽しい。人の間違いをあげつらうのは、自分自身の正義感を肯定しているようで心地いい。しかし。そういう人間ほど、面白いと思った作品の作者に一度でも本の感想を伝えようとしたことがあるのか？　ファンレターを書いたことがあるのか？　この本は面白いと一度でも伝えたのか？

自分は引用元が得るべき声援を先取りしただけではないか。本当に馬鹿馬鹿しい。

むしろ須王からしてみれば、デビューしたばかりで右も左もわかっていない頃に編集部に紹介したりして世話をしたことのある、蘇芳の言葉のほうが、よっぽど堪えた。

『……須王先生、作家がそれを言っちゃおしまいです。校了した作品は、もう作家のものではありません。読者のものです』

「……蘇芳くん、もうちょっとだけ早く、その言葉を聞きたかったよ」

もう、ラップ音は聞こえない。

六麓荘の静けさに圧し潰されないよう、須王は次の作品を書かないといけない。

言禍が真っ先に食らうのは、それを起こした本人だ。

＊　＊　＊

茜と蘇芳がバス停まで歩いていると、ふと蘇芳が鼻を動かした。茜が怪訝に思って首を傾げたとき、ふいにバラの芳香が鼻を掠めたことに気付いた。

またた。また、バラの匂いがする。

「前にも……この辺りでバラの匂いがしたんです」

「北村さん、それは今初めて聞いたよ？」

「すみません……てっきり誰かがバラを育てていらっしゃるのかと思ったんです」

茜が申し訳なさげに頭を下げている横で、蘇芳は顔をしかめて辺りを窺う。

「……これは。言禍のものだね。しかし、ここまで根深いものは、なかなかないんだけれど」

　蘇芳は顔をしかめたまま、懐の中から真っ白な本を取り出した。

「あの……先程の手帳ではなくて？」

「以前のボヤ騒ぎと同じだよ。これは少しでも多く吸っておかないと、辺りに危害が及びかねない」

　そう言って、蘇芳が真っ白な本を広げると、本はどんどんと色を吸収していった。

　茜と蘇芳は色を吸った本を眺めたが、そこに描かれた絵を見て、ふたりとも黙り込んでしまった。

　記号のような太陽に、月。そして、城。それらをクレヨンでくっきりと描いたような絵であった。

「あの……これはいったい……？」

　登場人物すら描かれていない絵では、物語を読み解くこともできやしない。おまけに、先程はっきりと感じたバラの匂いと、この童話がどう繋がっているのか、茜の知識ではわかりようがない。

　蘇芳はその内容を見て「ふむ……」と唸る。

「これは言禍自体が、まだ大きく害を出してないってことなんだろうかね……しかし

「……太陽と月に、バラか……」

「あの、心当たりがありますか？」

茜は考えてみたが、城の絵が描かれているから、王族の出てくる物語だろうとは思うが、そんな話は童話にたくさんあるので、一作に絞り切ることができない。

蘇芳は辺りを見回す。

残念ながら、六麓荘は富裕層の住む街だ。城のような邸宅なんていくらでもある。現れた絵が示す場所を特定することは困難を極めそうだった。

眠れる森の美女　前編

須王の一件からしばらく日が過ぎた。

朝に庭木の水やりをしても、茜が帰る頃にはすっかりと乾いてしまう夏らしい毎日が続いているし、置いて帰る料理も傷みやすさに悩みながらつくっている。

窓の外の蟬の声を聞きながら茜は蘇芳宅の家事をこなし、蘇芳は電話で出版社の人をおちょくっているという相変わらずの日々を過ごしていた。その合間を縫うようにして、蘇芳はときおり仕事部屋で大きな音を立てるようになっていた。

今日も茜が掃除機をかけていると、仕事部屋からなにかが崩れるような音が響き、慌てて戸を叩く。

「蘇芳先生、どうかなさいましたか⁉」

するといつもの調子で声が返ってきた。

「ああ、すまないね北村さん。ちょっと調べ物をしていたんだけど、どうもうちの棚にはなさそうだったからねえ……」

「調べ物って……仕事の資料でしょうか？」

　蘇芳がようやく戸を開けると、茜の口の端が引きつった。彼の部屋に大量に積まれた本が雪崩を起こしていたのだ。そこに積もった埃が舞う中、蘇芳はせっせと本を積み直していた。

「……せめて埃はたきでもかけましょうか？」

「大丈夫だよ、もう片付いたし。ああ、そうだ。私はちょっと図書館まで出かけてくるから、仕事がひと段落したら戸締まりして帰ってくれてかまわないから」

　掃除機を持ったままの茜は、困った顔で蘇芳を見上げる。

「それはわかりましたが……探していたものはいったい？」

　そもそも、蘇芳は調べ物が仕事の資料なのかどうかも言っていない。茜が尋ねると、蘇芳は「いやねえ」とカンカン帽を被って首を振る。

「先日の言禍の示す物語がわからないからねえ。私も読むだけ読んで忘れている物語なのかもしれないから、ちょっと調べてたんだよ」

「あの、太陽と月とお城の物語ですよね……でもあれだけでしたら、海外の物語ということ以外でわかることはあるでしょうか？」

「一応、私が言禍を本に吸ったら出てくる物語は、私の記憶を元にしているはずだからね。事件はまだ起こってないとはいえど、北村さんにずっと言禍が纏わりついていたのも気になるし。備えておくに越したことはないと思ってね」

「そうですか……」

「一応確認するけど、本当に北村さん自身には、なんの害も及んでないんだね？」

そう蘇芳に尋ねられて、茜は首を縦に振る。なんで自分に言禍が纏わりついてしまっていたのかはわからないが、以前に遭遇してしまったボヤ騒ぎみたいに、厄介なことに立ち会った覚えはない。

蘇芳は「ふうむ……」と言って顎を撫で上げた。

「うん、じゃあちょっと行ってくるからね。なにかあったら私のスマホにでも連絡をくれると嬉しい」

「わかりました……お気を付けて」

軽くカンカン帽を持ち上げてみせてから、蘇芳は出かけて行った。

蘇芳の外出を見送ってから茜は掃除機をかけ終え、溜息をつく。

思い返してみても、蘇芳に伝えた通りのことしか心当たりがない。

仕事の関係で上甲子園や芦屋を行ったり来たりしている中で、知らない間になにかに遭遇していたんだろうかと考えてみるものの、やはり心当たりがない。そもそも蘇芳のように言禍の気配を察することもできない茜には、どこかで言禍が纏わりついても、どこでどうやって憑かれたかを察することができない。

　蘇芳は「腹の中に言葉を溜め込んでも、言禍になってしまう」と言っていたが。思っていることをそのまんま言われて傷付いたことのある茜は、なかなか思ったことをすぐ相手に伝えることが、できないでいる。それが原因で言禍を引き起こすことは示唆されていても、その性分はすぐに治るものでもあるまい。

　掃除機の片付けが済み、夕飯をつくったら帰ろうと台所に戻ろうとしたとき。チャイムが鳴った。

「はい、どちら様でしょうか」

　インターフォンのボタンを押して、モニターを見る。

「すみません、警察です」

　いつかのボヤ騒ぎのときに見た刑事の田辺が、蘇芳宅の前に立っていた。

　茜は慌てて玄関に飛び出すと、田辺はペコリと頭を下げた。その態度に茜はあわあわとする。

「ああ、すみません。現在蘇芳先生は留守にしているんですよ。すぐに電話しますので、お待ちいただいてもよろしいですか？」

「ああ、先日はどうも。こちらの仕事に巻き込んでしまってすみません。あれから怪我などはされていませんか？」

いかついとか、怖いとか思っていたが、どうも田辺は悪い人ではないらしい。茜はそう思いながら、ぶんぶんと手を振る。

「いえ大丈夫です。ここでずっと立ちっぱなしも暑いですよね。応接室にどうぞ。すぐ先生に連絡しますから」

「お手数をおかけしてすみません」

茜は慌てて田辺を応接室に迎え入れると、彼に麦茶を出し、すぐに蘇芳に電話する。図書館に行くと言っていたので、スマホの電源を切ってないといいけれど。茜の心配は杞憂に終わり、ほどなく蘇芳に電話が繋がった。

『もしもし』

「蘇芳先生！　今田辺さんがいらっしゃっているんですけど……戻ってこられますか？」

『ああ……すぐ戻るよ。一応本は借りられたから。田辺さんに、依頼のあらましだけ聞いておいてくれるかい？　もう君も関係者だとは、田辺さんも知っているからねえ』

「わ、わかりました。蘇芳先生、すぐ戻ってきてくださいね」

『大丈夫だよ。もうバスが来るから切るよ』

そのまま電話が切れた。茜は田辺を通した応接室に向かう。

「お待たせしました。蘇芳先生、すぐに戻るそうです。ただ、お話の概要だけは先に私に伝えておいてほしいとのことだったんですが……」

「はい。少し調べてほしいことがあるんですよ。ちょっと不審な事故が続いておりましてね……しかし、あなたが来られてから、蘇芳さんも本当に変わりましたねえ」

田辺がそう感嘆の声を上げるので、茜はきょとんと田辺を見る。田辺は麦茶で口を湿らせてから、言葉を続ける。

「いえ、気に障ったのなら申し訳ありません。ただ、蘇芳さんはひとりで物事を解決する気質(たち)だったので。ハウスキーパーを雇うっていうのもずいぶんな進歩だと思ったんですが、あなたとは用事を頼めるだけの信頼関係が築けたのだなと」

「あー……私は、雇われの身ですので、信頼関係があるというのとは、ちょっと違うような……」

「充分だと思いますよ」

思えば、蘇芳は東京の煩わしさが嫌になって芦屋に引っ込んだと言っていた。ただでさえ言禍を察知できる人なのだから、人口密度が過多の場所では具合が悪く、ひとりでいるほうが楽だったのかもしれない。

そう考えると、人と最低限しかしゃべらなくて済むという理由で今の仕事についている茜と蘇芳は、似た者同士なのかもしれない。

そう納得していたところで、玄関の戸が開く大きな音がした。茜が玄関まで出迎えに行くと、少しだけ息を切らした蘇芳が立っていた。

「あー……すまない、ただいま戻った。田辺さんは？」

「お帰りなさいませ、応接室にいらっしゃいますよ。あの……田辺さんは不審な事故の捜査とおっしゃっていますが」

「ありがとう……やっぱりか」

茜は蘇芳と共に台所に戻ってグラスに麦茶を注ぎ差し出すと、蘇芳はそれを受け取って一気に飲み干した。カンカン帽を取ると汗で前髪がペタンと張り付いてしまっている。よっぽど急いで帰ってきたらしい。

汗を拭うと、急いで蘇芳は応接室へと向かった。茜も田辺に麦茶のお替わりをお盆に載せて持っていくと、ちょうどふたりの会話が本題に入ったところだ。

「最近は平和だと思っていましたが」

「ええ、こちらもそう思っていたんですが、下手したら大勢亡くなる心配があるんで、早く解決したいと思いまして」

田辺の言葉に、茜はむせた。

思えば、前のボヤ騒ぎだって、大きな火事にならなかったから被害は少なかったが、下手したら人死にが出てもおかしくはなかったのだ。

蘇芳は腕組みをする。

「ずいぶんと物騒ですなあ。いったいなにが？」

「ええ……」

田辺は手帳を取り出すと、淡々と語り出した。

「六麓荘で、不審な交通事故が続いているんです。たしかにあそこはカーブが多く、運転初心者は事故を起こしやすい場所ですがね、事故を起こしているのはタクシーやバスの運転手と、日頃から運転に慣れている方々で、中にはゴールド免許を持っている方までいるので、これは変だと捜査をはじめたんです」

そこは、つい先日蘇芳と茜が出かけた先だった。

たしかにあのとき、蘇芳が言禍の気配を察知したものの、原因を特定することは叶わなかったはずだ。それがたった数日でそこまで大事になるなんて、と愕然とする。

蘇芳は厳しい顔で尋ねる。

「ふむ……では事故を起こした運転者の取り調べや車の検証では、なにも見つからなかったんですね？」

「車は全て、問題がありませんでした。ただ、運転手が皆似たようなことを言っているんですが、その原因がわからなかったんです」

「似たようなこと？」

「ええ。事故を起こした人たちに事情聴取をしてみたところ、全員がある一定の場所で急に眠気が襲ってきたと言っていたんです。念のため、全員分の勤務表を確認しましたが、事故前よりも忙しいということもなく、プライベートのほうでなにか問題があった訳でもありませんでした」

　田辺は手帳をペラペラとめくりながら、事件のあらましを語る。

「次は六麓荘のほうでガス漏れなどの不審な事故はなかったかと確認しましたが、こちらも問題がありませんでしたね。道路や標式に異常がないかも見ましたが……こちらも問題がなかったんですよ」

　ここまで調べてもなにもないのに、運転者が全員眠気に負けて事故を起こしたとしたら、たしかに普通じゃないし怖い。

　しかし、六麓荘での生活は車が必要不可欠だ。日用品の買い出し程度なら麓のバス停からバスに乗って済ますことはできても、仕事で車に乗る人やバス停まで歩けないお年寄りには不便が生じる。

　蘇芳はしばらく考えた上で、「おそらくですが」と口を開く。

「今回の事故は、『眠れる森の美女』になぞらえた言禍によるものだとは思うんですが、まだ確証が持てません。骨が折れますが、こればかりは六麓荘の家を回るしかないかと」

　蘇芳の物言いに、茜は首を傾げてしまった。

『眠れる森の美女』は童話からはじまって、バレエ、アニメ、映画のモチーフにまで使われ続けている有名な作品で、本をあまり読まない茜ですら知っている話だ。

　姫が生まれる日に、彼女の誕生会に招待されなかった妖精が、怒って彼女が十七の誕生日を迎えたら糸車の針を刺して死ぬ呪いをかける。妖精の力は強過ぎて、誕生会に招待された他の妖精たちでも解呪することはできなかったが、まだ誕生祝いの祝福をしていなかった妖精の好意で、呪いは十七歳の誕生日に糸車の針を刺したあとに百年の眠りにつくというものに上書きされる。

　国王は姫が呪いにかからないようにと、国内の糸車という糸車を燃やしてしまったが、十七になった姫は、ある日城でこっそりと糸車を巻いている人に遭遇し、その針で手を刺して眠りについてしまう。

　かくして、彼女の住む城は姫と一緒に百年の眠りにつく。それから百年後にある国の王子が彼女を見初めて、そのまま彼女をキスで目覚めさせる。姫を目覚めさせたことで、無事に呪いの解けた城で、王子と姫は結婚する。

物語の概要としてはこうなのだが、そこで茜がおかしいと思うのは、この話には一度も太陽と月のモチーフは出てこないということだった。前に六麓荘で吸った言禍を示唆する物語には、たしかに太陽と月が描かれていたというのに。

茜がひとりで首を傾げていると、田辺は手帳をジャケットのポケットにしまい込みながら、「なるほど」と呟く。

「では、蘇芳さんはこのところ起こる事故の原因には、『眠れる森の美女』のような事件が隠れていると？」

「私はあくまで、この物語が言禍のモチーフのひとつになっていると言っているだけです。どのみち、捜査しない限りはなにもわかりませんよ」

「そうですか……では、どうぞよろしくお願いします」

田辺は頭を下げ、帰っていった。

茜は玄関まで田辺を見送ったあと、蘇芳のいる応接室に戻り、疑問をぶつけた。

「あの……蘇芳先生。私、前に蘇芳先生が吸った言禍の物語が『眠れる森の美女』のものとは思えなかったんですが……」

「ああ、あの話もねえ、日本で有名なものは、グリム版だけれど、実は大きく分けて三つの作品があるからねえ」

「あれ、三つ。ですか?」

「ヨーロッパの童話っていうのは、基本的に民話を収集して、それをまとめた作者の話が有名になることが多いから」

「ええっと……つまりは、同じ話をまとめた人が三人いるってことですか? でも、同じ話ですよね?」

「作者や地方によって解釈が変わるっていうのは、よくある話だと思うよ。日本にだって有名な話として、羽衣伝説があるじゃないか。天女が羽衣を失くしてしまって地上に留まるけれど、無事に見つけ出して帰っていく話と、見つけ出すことができずにそのまま地上に留まり人間の中で生活をする話と」

「そういえば……」

どちらの話も、漫画や小説の題材として使われるし、茜も子どもの頃に人形劇で見た記憶がある。どちらの結末も聞いたことがあるが、そういえば何故同じ題材でこうも真逆の結末なのかは考えたこともなかった。

蘇芳は頷く。

「前者は『近江国風土記伝』に記述があるし、後者は『丹後国風土記』に記述がある。日本の昔話のひとつとしてさまざまな作品の題材に繰り返し使われている話だし、これみたいに同じ題材でも地方によって真逆の結末が語られている話はままある。まあ、話を『眠れる森の美女』に戻すけれど」

蘇芳は腕を組んだ。

「現代に伝わっているのはグリム版とペロー版、あとひとつがあり、羽衣伝説と同じように内容や結末が少しずつ違う。今回の物語がどの話に近いのかは、調査しないことには私も断定できないんだよ。なんたって、あの辺りでバラの匂いがしただろう？　バラのモチーフがない話だって存在してるし、逆に太陽と月のモチーフはグリム版には存在してないだろう？　つまり三つの物語が混ざっている可能性が高い。いずれにしても言禍を撒き散らしている犯人が苦しんでいる事象をどうにかしないことには、あの辺りは危険なままだ」

「そう、なりますよねえ……どうしましょう？」

「これぱっかりは、足で稼ぐしかないねえ。六麓荘の麓までは安全なはずだから、そこまではバスで向かうとして、あとは歩こうか」

あの辺りの坂道を思い、茜は顔を引きつらせた。

夏の日差しの中、言禍の手がかりを求めてとはいえど、歩き回るのはきっと苦しいことだろう。それでもやるしかないのだが。

＊　＊　＊

蟬の鳴き声がけたたましい。アスファルトの照り返しが足元から、歩いている人を焼いていくように思える。もっとも、この坂道は車で通ることが前提の道なのだから、歩く人間を考慮しているとは考えづらい。

茜は汗をかきながら、出かける前に蘇芳に渡されたお守りのひとつを手に取って眺めていた。

普段蘇芳が袖に入れている手帳よりも更に小さい、豆本ともいうべき大きさのものだった。

「万が一、嫌な気分がしたらこのお守りを使うように。君の代わりに言禍を受け取ってくれるから」

そう教えられて、肩に背負っている鞄の中に何個か突っ込んでいる。

蘇芳と茜は六麓荘の問題のカーブを拠点として、二手に分かれて言禍の出どころを調べている。蘇芳が田辺の言っていたカーブにある言禍をあらかた本で吸ったものの、その出所を潰さない限りは、またここが魔のカーブになりかねないのだという。

茜が見た限り、言禍を吸った本には太陽と月、城の絵以外に、姫と王、后らしき絵が描かれていた。茜は蘇芳が指摘した『眠れる森の美女』の物語について考えて、首を捻った。

自分が知っているのは、蘇芳の指摘通りグリム版のものなんだろうが、この本には王子らしき絵が描かれていない。蘇芳いわく三つのパターンが存在するらしいから、王子の存在しないパターンがあるんだろうか。

茜はそう思いつつ、豆本をときどき広げて言禍を吸ったりしていないか確認しながら、それぞれの邸宅を見て回る。

どこの邸宅も本当にびっくりするほど大きい上に、今の時期だと庭にビニールプールを引っ張り出してきて、子供を遊ばせている姿も見受けられる。こんなところをジロジロ見ていたら、挙動不審じゃないだろうか。

垣根越しにビニールプールではしゃいでいる子供を見て見ぬふりをしていた茜は、ふとバラの匂いが漂うことに気付いた。

「……また、あの匂い」

今は八月の前半で、一般的なバラの咲く季節は終わっている。ローズオイルほど凝縮された匂いではなく、生のバラからでないと漂わない芳香。

茜はきょろきょろして匂いの元を追う。追った先から花びらが飛んできたのを、手を伸ばしてキャッチした。丸い花びらは、間違いなくバラの花のものである。

更に花びらの飛んできた方向へ小走りで向かった先で、茜は目を奪われた。

夏の日差しを物ともせず、真っ赤なバラが咲き誇っていたのだ。バラの庭木は屋敷を取り囲む生け垣からひと際大きく飛び出て、バラのアーチから更に上へと伸びていた。

思わず手に持っている豆本を開くと、先程まで真っ白だったはずの豆本にわずかに色が付いていることに気が付いた。

茜は一瞬呆気に取られたものの、気を取り直して鞄に豆本を仕舞い込んで、その屋敷の玄関を探す。屋敷をぐるりと取り囲む垣根に沿って走っていると、大きな駐車場、裏口へと続くらしい小さな通用口、更に外から見ても広大だとわかる庭が目に入り、ようやく玄関に辿り着いた。

そこには【茨城】と書かれている表札が見つかった。

「ここ……」

どこかで聞いたことがある。茜は記憶を探っていると。

「先程からなんですか、あなたは」

ピシャリと声をかけられ、茜はビクリと肩を跳ねさせる。垣根のほうに目を向けると、そこに立っていたのは、サマーワンピースに身を包み、ハーフアップに髪をまとめた女性だった。

「先程から、人の家の周りをぐるぐると。うちは見世物ではありません」

「……陽子さん？」

彼女は、陽子と同じ声、同じ顔、同じ背丈の女性だったのである。ああ……そこでようやく茜は思い至った。

陽子が自己紹介で、自分のことを茨城陽子と名乗っていた。

彼女は上甲子園と芦屋を行ったり来たりしていると聞いていたが。そうか、ここが彼女の芦屋の家だったのかと、ようやく腑に落ちる。

茜がひとりで納得していると、彼女はますます顔をしかめる。

「あなた、姉さんのなに？　知り合いならどうして家をジロジロ見る真似なんてするの？」

「い、いえ……本当に大きな家だと思い、夏にバラが咲いているのが珍しかったから見ていただけです……！」

「それでバラが綺麗ですねと言いに、玄関まで来たと？」

顔こそよく似ているものの、どうも彼女は陽子とは別人らしい。姉さんと呼んでいるということは、彼女の妹なんだろう。

彼女は陽子と違い、言葉の端々に棘があり、茜の言動に警戒心を露わにしている。茜も彼女が怒るのも警戒心を剝き出しにするのも仕方ないとはわかっているものの、まさかこの先のカーブで起きている事故の調査のために、言禍の発生源を探しているなんて本当のことを、言える訳もない。

どう言ったらわかってもらえるのか。それともここは誤魔化して逃げるべきか。茜が眉を顰めて考え込んでしまったときだった。

「月子、どうかしたの。そんな大声で……」

「ちょっと、姉さん聞いて！　この人、姉さんの名前を出して変なことを言うのよ！」

茜は「あれ？」と思いながら、垣根の向こうを見た。月子と呼ばれた女性の後ろから、ひょっこりと陽子が現れたのである。並んでみると、ふたりとも本当に容姿も声も似ているが、陽子と月子が浮かべている表情は真逆だ。

陽子は茜の顔を見て「あら、茜さん？」と笑顔で声をかけてくれた。それに月子はさっと顔を赤くする。

「……本当に、姉さんの知り合いだったの？」

「上甲子園のほうで会ったのよ。どうかしましたか、こんな場所で」

陽子に声をかけられ、茜は本心からほっとして息を吐いた。

「はい、バラが綺麗だなと思って見ていただけなんです。本当に」

「あら……この時期ってバラが咲いていたかしら」

陽子は上品に頬に手を当てて、首を捻る。それに月子が突っかかる。

「庭に咲いてたでしょう？　季節外れに咲いて、庭師もなんでだろうって言ってたわ。いきなり不躾に人ん家をジロジロ覗かれたら、気分が悪いわ。姉さんの知り合いなら、その辺りちゃんと注意しておいて」

月子は言いたいことを言って、そのまま屋敷の中に引っ込んでしまった。

茜は呆気に取られて去っていった月子を見ていたら、陽子が申し訳なさげに頭を下げてくる。

「ごめんなさいね、茜さん。月子……私の双子の妹なんだけれど……芦屋にいるときはいつもカリカリしているから」

「い、いえ。私も申し訳ありません。いくらバラが綺麗だからといって、そんなにジロジロ見られたら気分が悪いですもんね」

茜は陽子の謝罪を手をバタバタさせて辞めさせようとする。それにしても、と茜はくんくんと鼻を動かす。彼女からは前にバラの匂いがしていたし、中庭にあれだけ芳香のするバラが咲いていたのだ。彼女に残り香がないかと思ったが、今はしなかった。

季節外れのバラだと聞いたから、この家がなにかしら言禍と関係があるんじゃないかと思っていたのだが、彼女にはなんらかの影響がないんだろうか。

茜がそう思っている間に、陽子は頬に手を当てる。

「そうねえ……この辺りは有名建築家が設計した家が多いせいで、どうしても物見遊山の見物客が来てしまうんですよ。月子はその辺わかってないから、すぐ怒るけど……本当にごめんなさいね。またどこかの邸宅でお仕事でしたか？」

「か、帰りでした……あ、あのう……さっき風が吹いて、私の持っていたお守りがこの庭に飛ばされてしまったんですけど……中に入ることはできるでしょうか？」

茜はとっさに嘘をつく。

お守りとして渡された豆本に色が付いた以上、ここがなにかしら言禍と関係があるように思える。季節外れに咲くバラといい、少なくともこの家ではおかしなことが起こっているのだから、外れでも得られるものはあるだろう。

陽子は茜の申し出に、目を瞬かせる。

「まあ、それじゃあ、働いている方に伺ってきましょうか？」

「い、いえ……！　ちょっと見ではお守りと思えないものなので、見た目のわかる私が行かないことには……」

さすがにこの嘘は苦しいだろうか。茜はだらだらと冷や汗を掻いたものの、陽子はしばらく考える素振りをしたあと、力強く頷いた。

「わかりました。私も一緒に探しましょう」

「あ、ありがとうございます！」

茜は大きく一礼した。前に車で送ってくれたことといい、今回のことといい、彼女は本当に人がいい。それに付け入るのは心が痛むが、あのカーブの事故のことがある。

蘇芳が言禍を全部吸ってくれたから、しばらくは事故が起こらないだろうが。いつまた事故を引き起こすほどまでに言禍が膨れ上がるのかがわからないのだから。

茜は心の底から申し訳なく思いながらも陽子に招き入れられる形で、ふたりで庭に入る。

「どちらに飛んでいったかわかりますか？」

「えっと……バラの匂いを嗅いでいるときに飛ばされたので……多分バラの近くだったかと」

「まあ、私もバラが咲いていることなんて、本当に今知ったところだから」

先程も言っていたことだ。いくらなんでも自分の家の庭に咲いているものがわからないなんてこと、ありえるんだろうか。どうにも違和感が拭えない。

茜は少し考えたあと、尋ねてみることにした。

「陽子さんは……あまり庭を出歩かないんですか？」

「と言うよりも普段は上甲子園にいるので、あまりこちらの家には来ないって感じでしょうか」

これも先日言っていた話だ。他人の家庭の事情に踏み込むのはよくないと思っていて、聞き流していたが。茜はなにかが引っかかる感じを覚えた。

ふたりで庭を歩いていると、道路からも見える位置にバラのアーチが存在し、バラが咲き誇っているのが見える。しかし、夏の日差しを物ともしない真っ赤なバラは、ともすると暑苦しく感じそうだが、他の庭木が青々と生い茂っているせいか、そこまで暑苦しく思えない。この庭の面倒を見ている庭師の腕がいいのだろう。

「綺麗な庭ですね……突然お邪魔してすみませんが、この辺りを探しますね」

「お守りに見えないものだっておっしゃってましたけど。せめてなにに見えるか教えてもらえませんか？」

陽子にまたも人のいいことを言われて、茜は心苦しく思いながらもお守りの説明をする。

「本です。豆本と言いますか……メモ帳よりも更に小さい掌にすっぽり収まるような本です。風に飛んじゃうほど、軽いんですよね……」

「まあ、豆本、ですね。わかりました。私も探してみます」

ふたりで庭にしゃがみ込んで、ありもしないものを探している姿はシュールだった。

茜は鞄に押し戻した豆本をそっと見て、愕然とする。

ついさっき見たときは普通に存在していた豆本が、いつの間にやら壊れていたのだ。

本の背表紙は割れ、中のページも破れてしまっている。

特に本が壊れるような真似をした覚えがないということは、言禍の影響なんだろうか。

残念ながら茜では、言禍の気配なんて特定はできないが。

困り果てて、辺りを見回していたとき。

「誰ですかあなた、人の家に」

茜は背後から冷たい声を投げかけられ、ビクリと肩を跳ねさせる。

恐る恐る振り返ると、美しい顔の女性が、眉間に深く皺を刻んで、こちらを見下ろしていた。

仕立てのいいブラウスに、薄手のカーディガン、ロングスカート。年齢不詳ではあるが、茜の母親と同年代だろうかと当たりを付ける。

「す、すみません……陽子さんに許可をいただきまして……探し物をしてました……」

「探し物？　あの子は本当にこずるい性格をしているから、またなにかしようとしているんじゃないでしょうね？」

彼女の言葉の棘を隠そうともしない様子に、茜は違和感を覚える。その違和感に茜が戸惑っていると。

「おかあさま、申し訳ございません。彼女、私の上甲子園の友人なんです！」

バラのアーチの向こうでお守りを探していた陽子が、慌てて茜のほうにまで寄ってきて、おかあさまと呼ばれた女性に頭を下げる。

おかあさま……ということは親子なんだろうか。茜は陽子が必死で謝る様を睨みつける女性を観察する。

父親似だとしたらそれまでだが、双子の陽子と月子は驚くほどよく似ているのに、目の前の女性は陽子と月子、ちっともふたりと似ていないように見える。

そもそも陽子に対する態度がおかしい。世間体を気にする人というものは富裕層になればなるほど増えるらしいが、それにしたってこれは子供を心配する親の言動ではないような気がする。

しばらくこちらを睨みつけていた女性は、小さく嘆息する。

「……あまり茨城家の恥になるようなことはしませんように」

「……申し訳ございません」

ロングスカートを翻して去っていく女性を、茜はポカンとして見送った。どうも彼女の物言いには、母が娘に対するものというよりも、姑が嫁をいびっているような、歪なものを感じた。陽子の名前すら、呼んではいないのだ。当の本人の陽子は本当に申し訳なさそうに謝ってくる。

「ごめんなさいね、お見苦しいものをお見せしてしまって」

「い、いえ……私がお守りを失くしちゃったのが一番いけないので。おかあさまが怒るのも当然です」

「私、おかあさまの本当の娘ではありませんから」

「え？」

茜は唐突過ぎる陽子の告白に、目をパチパチさせる。陽子は困ったように眉を下げて笑う。

「私と月子は、おかあさまとは血が繋がっていないんです。お父さまとは血が繋がっているんですけどね」

「あ……」

ふたりの仲が、母子の関係にしてはあまりにもギクシャクし過ぎていると思ったら。

茜は納得し、陽子の目を盗んで、バラバラになった豆本をそっと庭の隅に落とすと、

「あっ！」と大袈裟に声を上げた。

「ありました！　ありがとうございます、陽子さん。無事にお守りを見つけました」

「まあ……それはよかったです。結構しっかりした本……なんですね？」

「はい。豆本です」

陽子が物珍しい顔をして、茜の掌の物を眺めているので、茜は不審に思われない内に豆本を掌に握り込んで、頭を下げた。

「本当にありがとうございます！　それでは、失礼します」

そのまま蘇芳との待ち合わせ場所に向かおうとしたとき、「待って」と声をかけられた。

茜はギクリとして振り返ると、陽子はおっとりと言う。

「お仕事が忙しいでしょうけど、芦屋や上甲子園でお仕事の際、いつでもうちに遊びにいらっしゃって。静かなのはいいことだけれど、友達が来ないのは寂しいから」

月子の態度や、あの義母の存在。そもそも芦屋と上甲子園を行き来しているというの

も不思議だし、陽子は茜が思っている以上に、孤独なのかもしれない。

　茜は少しだけ考えたあと、笑みを浮かべた。

「私でよろしかったら。私、あまり面白い話とかはできませんけど」

「それでもいいんです。名前を呼んでもらえるって、それだけでも嬉しいじゃないですか」

　陽子がにこにこと笑って見送ってくれるのを、茜は不可思議に思いながらも挨拶を済ませ、茨城邸を後にした。

　豆本は、茜の鞄の中で、すっかりとぐちゃぐちゃに潰れてしまっていた。

　これは蘇芳に見せないことには、どういうことかわからないだろう。そう思いながら少しだけ坂を下って茨城邸が見えなくなったところで、スマホの電源を入れた。

眠れる森の美女 後編

茜は蘇芳と六麓荘の麓で落ち合い、そのままふたりで坂を下った先のカフェで情報交換をはじめた。

シフォンケーキをフォークで突き刺しながら、蘇芳は口を開く。

「どうもあの辺りの事故は、六麓荘の住民たちの中でもそこそこ有名になってきているみたいだね。問題のカーブを避けているから移動に時間がかかるって話も聞いたよ。タクシーを呼ぶ際も、わざわざカーブを使わないでほしいと頼むとかね」

六麓荘を越えた先には私鉄の駅があるし、学校も存在する。そのために他の住宅街に比べても流しのタクシーが多いようだった。実際にカーブで事故を起こした運転者の中には、タクシーの運転手もいた。

「やっぱり、そこまでひどいことになっていたんですね。実は私の……この豆本」

茜は蘇芳に渡された豆本をテーブルに乗せる。既にぐしゃぐしゃの紙片となってしまい、元が本だったのかどうかもわからなくなっているのを確認して、茜はうな垂れる。

豆本が壊れた茨城邸の様子も合わせて伝えると、蘇芳は眉をひそめて豆本の表紙だった厚紙に触れる。

「なるほど。たしかにその茨城邸が怪しいね。相当強い言禍が渦巻いているし」

「で、ですけど……今までとなんか違うと、言いますか……」

「北村さんはそう思うのかい？」

「は、はい……」

　茜は頭の中でぐるぐるとしてまとまらない言葉をなんとか紡ごうと、注文した水出しのアイスティーを飲む。ガムシロップを入れてもいないのに、ストレートでも甘いお茶に驚きつつ、茜はつっかえつっかえ思ったことを口にしてみる。

「い、今までは、ネットの書き込みだったり物書きだったり、そういう人たちが、無意識の内に言霊の力を強くしてしまって、それが言禍になってしまう事件でしたよね？あの……茨城さん家は、物書きではなさそうですし、ネットに書き込みをしている人たちとは違ったような……私も茨城さんの姉妹と奥様しかお見かけしなかったので、はっきりとは言えないんですが」

「うん、そうだねえ。こればかりは、早瀬くんにちょっと調べてもらわないと私も断定できないけど。でもねえ、言霊を強く引き出してしまう、言禍を呼び起こしてしまうっていうのは、物書きじゃなくってもできるし、ネットの力を使って増幅しなくっても起こり得ることだよ?」

「え……?」

茜は目を瞬かせて、蘇芳を見る。

普段はいい加減で飄々としていて、のらりくらりとしたことばかり言う蘇芳ではあるが、言霊遣いとしての彼の言葉はひどく重々しい。

蘇芳はシフォンケーキをひと口咀嚼し、紅茶を口に含んでから、ようやく口を開く。

「家族に言われた言葉で、人生が定まるというのは、よくある話じゃないかい? 子供の夢を摘むのも育てるのも、いつの時代でも親の責任だ。『選ばれた人でなかったらできないから無理』『お前には向いていないから無理』そう言って親に夢を諦めさせられた子供というのはいくらでもいる。既に人生を自分の意志で決められるような、高校生や大学生だったら、貯金なり就職なりして家を出て、夢を叶えられることもあるけどね。まだ自分の足で立つことのできない子供時代に言われてしまったら、なかなかその言葉から抜け出すことはできないものだよ」

そう言われて、茜は押し黙った。

よくある話だ。親が子供に軽はずみに「これ似合わない」と言った結果、自分の好きな服がわからなくなってしまう人とか、「なにもできない」と言われ続けた結果、必要以上に自虐癖がついてしまって、物事をなんでも後ろ向きにしか捉えることができなくなってしまった人とか。

「蘇芳先生は、今回の震源地の茨城さん家の話を、そう捉えているんですか？」

「そうだねえ……」

　蘇芳は持っていた風呂敷から先程カーブで言禍を吸ってきた本を取り出し、更にその隣にもう一冊本を並べた。

　それには図書館のラベルが貼られている。警察から依頼が来るまで図書館に出かけていたが、その時に借りてきた本だろうか。

「この本は？」

「これは『ペンタメローネ』というナポリの民話集だよ。当時、ナポリはまだイタリアに吸収されていなかったから、このままだとナポリ語で書かれた物語は消失してしまうと、その時代の詩人が書き留めたんだね」

「はあ……」

　あいにく本をほとんど読まない茜は、その民話集を知らなかったが、蘇芳は気にする素振りもなく、ペラペラとページをめくった。

　その中に、城の絵とティアラをつけた姫らしき女性と、王冠を被った男性の絵が描かれているページが出てきた。

「今回の話は、『太陽と月のターリア』の話によく似ていると思ったんだよ」

「あれ、蘇芳先生は今回の話、『眠れる森の美女』の話に酷似しているっておっしゃってませんでしたか？」

またも、聞いたことのない話に、茜が首を捻っていたところで、蘇芳が説明を加えた。

「言ったねえ。でも前にも説明しただろう？『眠れる森の美女』には、パターンが三通りあると。私はグリム版は違うだろうとすぐに切り捨てて、残りはペロー版かバジーレ版……『ペンタメローネ』の作者だね……そのどちらかだろうと思ったんだけれど、君が茨城邸で出会った双子の話を聞いて、この作品じゃないかと当たりを付けたんだよ」

そう言いながら、蘇芳はペラペラと本をめくる。

「大雑把に言ってしまうと、この話はこういう話だ。ターリアと呼ばれる姫が生まれたとき、誕生パーティーに参加した占い師が『麻糸によりターリアに不幸が訪れる』と予言した。その予言の通り妙齢になったターリアは、麻に紛れ込んでいた棘で指を刺して、深い眠りについてしまった。父王は悲しみに暮れ、この悲しみを忘れるために、眠りについたターリアを置いて城を去ってしまった」

民話だからと言えばそれまでだが、ずいぶん薄情な父親だなと茜は思った。

それにしても、たしかにこの話は『眠れる森の美女』と同じような調子で話が進んでいく。元の民話が同じでも、どのエピソードを選択するかや脚色の仕方によって話の印象はずいぶんと変わってしまうものらしい。

　蘇芳は本に視線を落として続ける。

「それからしばらくしてから、ある国の王が偶然、ターリアの眠る城を見つけた。中に入り、眠っている彼女を発見すると、その美しさに我慢ができなくなり、そのまま眠っている彼女を犯してしまう」

「お、犯すって……これ、民話ですよね？」

　茜が思わず突っ込みを入れてしまうと、蘇芳がちらりと顔を上げる。

「別に昔話が残酷だったり開けっ広げだったりするのは珍しい話ではないけどねえ。『桃太郎』だって、今でこそ桃を割ったら桃太郎が生まれたという話だけれど、元々は桃を食べて若返ったおじいさんとおばあさんがつくった子供が、桃太郎になったという話だったし。ひと昔前は、本当は怖いおとぎ話として、グリム童話やイソップ物語の完全翻訳が出版されて話題になっていたけど」

『ペンタメローネ』があまり出回らないのは、この開けっ広げな内容が原因なんだろうかと茜が悩んでいる間に、蘇芳が「ここからが本題なんだけど」と話を戻す。

「それでもターリアは目を覚まさなかったから、そのまま王は自国へ帰ってしまう。しかしターリアはそのときのことが原因で妊娠し、そのまま双子を出産してしまう。そのときにようやくターリアは目が覚めて、生まれた双子に名前を付ける。付けられた双子の名前が、『太陽』と『月』だったんだよ」

「あ……！」

どうして蘇芳が言禍が示した物語は『太陽と月のターリア』と言ったのかがよくわかった。蘇芳の白い本は言禍を吸ったものの、その内容がわからなかった。そこで蘇芳は太陽と月のイラストだけを手掛かりに、これをモチーフにした話を、仕事部屋の本をひっくり返したり、図書館に通ったりして、ずっと調べ続けていたのだろう。

「そ、それで、この話はどうなるんですか？　もし『眠れる森の美女』だったら、王子に姫は起こされて、結婚してハッピーエンドなはずですけど……」

「そうだねえ、今の時代に合わせて、物語って改変されがちだけどね。続き。ターリアが双子を出産した頃、姫を妊娠させた王はターリアの城までやってきた。子供が生まれたことを喜んだものの、問題があった。王は既に結婚していて、自国には王妃が存在していたんだよ。王がターリアと子供たちのことを気にかけていて、彼女たちの元に足しげく通っていたせいで、とうとう不倫がばれてしまった」

茜がそこで思い出したのは、陽子の義母のことだった。

彼女は陽子を毛嫌いしていた。月子と義母が会話しているのは見なかったが、月子と彼女も、あまり折り合いがよくなさそうに思える。

「嫉妬に狂った王妃は、王の名前を使って『太陽』と『月』を呼び出し、ふたりに毒入りスープを飲ませて殺そうとする。しかし同情した料理人により、スープに毒は入れられなかった。暗殺に失敗した王妃は、次はターリア本人を呼び出して、そのまま火あぶりにしようとしたものの、王にこのことがバレてしまい、王妃が火あぶりにされてしまった……と、こういう話だよ」

茜は、だんだんと手が冷たくなっていくのを感じた。カフェの冷房が効いているせいだけではない。

この物語の王妃が怒る理由はわかる。どう考えても、一番悪いのは王だからだ。だが、茨城家はどうなんだろうか。

あんな外にまで言禍が漏れて、事故が多発するようなひどいことがあったというんだろうか。それこそ蘇芳が指摘するような、家族間の問題が、そんなおそろしい言禍になるものなんだろうか。

蘇芳は本を閉じ、風呂敷に包み直してから「でもねえ」と付け加える。

「もしただの男女の愛憎劇だったら、言禍であそこまで事故は多発しないと思うんだよ。たとえば、富裕層の街で怪奇現象が多発した例って、君は聞いたことあるかい？」

「え……でも蘇芳先生。この言禍は『太陽と月のターリア』をなぞっているって……」

「そりゃ言ったよ。でもさっきも言っただろう？　物語というものはねえ、時代によって表現が変わるんだよ。今では桃太郎はおばあさんからではなく桃から生まれるし、『かちかち山』ではおばあさんもたぬきも死にはしない。だから嫉妬のあまりに子供や不倫相手を殺すというのも、世間体を大事にする富裕層の妻が行うには現代では無理があるんだよ。ところが、今わかっている時点では、人は死んでいない」

前に『かちかち山』のような連続ボヤ事件が起こったが、幸か不幸か人死にが出るほどの規模には発展しなかった。そして今の事件も、現段階では交通事故は起こっていても、誰も死んではいない。ただ蘇芳が言いたいのは、そういうことではないようだ。

茜はおずおずと尋ねる。

「すみません……つまり、どういうことでしょうか？」

「もしもただの睡眠障害や、家族間の愛憎模様だけだったら『眠れる森の美女』の物語だけ、本に現れればよかったんだ。ペルー版も嫁姑問題で気まずい思いをするエピソードがあるからね。でも、ここに現れたのは『太陽と月のターリア』だった……おそらくだけれど、もうひとつくらい、言禍が発生しうる事件が起こっている、もしくは起こったということだよ」

茜は目を丸く見開いた。

陽子も月子も、今も普通に生活している。しかし、茨城邸で起こっていることを、外から把握することはなかなか難しい。

「あの……陽子さん、芦屋の家と上甲子園の家を行ったり来たりしていると伺いましたけど」

「ふむ。まずは茨城邸の双子のことを少し調べたほうがいいかな。彼女たちの本当の母がどうしているか、からかな」

そう言ってから、シフォンケーキを食べ終えた蘇芳は、スマホで早速連絡を付けた。

「もしもし早瀬くん。ちょっと調べ物をしてほしいんだけど。ちょっとメッセージを送るから、見てくれたまえ」

そう伝えたあと、手早くメッセージをアプリで送信した。そして蘇芳は茜のほうをじっと見つめてきた。

「あのう……？」

「北村さん。悪いんだけど、茨城邸に潜入してもらえないかな？」

「……はあっ!?」

唐突過ぎる蘇芳の頼みに、茜は素っ頓狂な声を上げる。そんな彼女の顔を見つつ、蘇芳は続ける。

「現時点ではなにがどうまずいのかわからないから、調べようがなくってお手上げでねえ。もちろん北村さんの無理じゃない範囲でかまわないんだけど。事務所のほうに茨城邸で働ける募集がかかってないか見てもらえないかな。こちらのほうは休みでも引き続き契約料は払うから」

「い、いや、そういう問題ではなくて、ですね」

茜は必死で言葉を探す。問題が多過ぎると思ったのだ。

「……茨城邸の皆さんは、既に私の顔をご存じですよ。そんな私がいきなりハウスキーパーとしてやってきたら、普通に怪しいじゃないですか」

「大丈夫だと思うけどねえ。双子の姉妹はともかく、富裕層ってそこまで使用人について関心がないから。お金があるっていうのはね、心に余裕を生むんだよ。逆に余裕がないときは、お金がないかそれ以外に問題を抱えていると思っていい」

「そ、んな……無茶苦茶な」

そうこう言っている間に、蘇芳のスマホが鳴った。蘇芳はスマホの画面をちらりと見る。

「お茶が終わったら行こうか。早瀬くん、早速調べ物が終わったみたいだから」

「は、はあ……」

茜は必死に蘇芳の頼みを断る方法を探してみたものの、既に言禍が起きている現場を見ている以上、それを断っていいものかどうか、考えあぐねていた。

＊　＊　＊

早瀬は相変わらず茜を見るとへっぴり腰になったものの、どうにかして落ち着きふたりに座布団を出すと、蘇芳が依頼した情報を見せてくれた。

大きなモニターに、地図が写し出される。

「なんでも、上甲子園の界隈ではそこそこ有名みたいですよ。田野中（たのなか）さん家の美人双子っていうのは」

地図を拡大すると、前に茜が仕事で行ったときは見なかった、昔ながらの商店街が現れた。

「上甲子園も富裕層街ですけど、それ以外に昔ながらの商店街があるようですね。そこの商店街の田野中という居酒屋を手伝っている美人双子っていうのはある一定時期までは目撃情報も多くて、頻繁にネットの飲み屋の口コミサイトに書かれてましたね」

別のモニターに映されたのは、陽子と月子の噂だった。

【料理や酒もさることながら、田野中店長も店の手伝いをしている双子も可愛くっていい】

【最近、手伝いの子たちを見なくって寂しい。でも女店長の料理おいしい】

【お姉ちゃんのほうは最近よく帰ってきて手伝ってるね。妹は仕事忙しいのかな】

口コミサイトには、その店の常連らしき人々のコメントが延々と書き連ねられている。概ねふたりの評判はいいらしく、彼女たちが働いている店の店長の好感度も高い。

その店の田野中という店長が、双子の本当の母親なんだろうか。

蘇芳は「ふむ」と唸る。

「おそらくは、この田野中と呼ばれる女性店長が、『太陽と月のターリア』のターリアポジションだろうねえ」

「だ、だということは、双子の父親と不倫していたってことでしょうか……ですけど、目撃情報を読む限りは、おふたりとも、普段は芦屋にいて、上甲子園にはあまり戻ってきてないみたいです。いくら父親の家とはいえ、正妻のおられる家に住んでいるっておかしくないでしょうか……？」

　ふたりのやり取りを聞きながら、早瀬は「あくまでこっちの下世話な推測っすけど」と前置きしてから、会話に割り込んでくる。

「財産目当てじゃないっすか？　不倫関係だったら、店長さんもその子供である双子にもそのままでは、当然ながら遺産相続権はありません。だから、なにかしらの取引きをして、ふたりを認知させたんじゃないっすか？　そうすれば双子には相続権が発生するし」

「そ、そりゃ辻褄が合いますけど……でも、あの家には普通に正妻さんもおられますから、認知されたからって一緒に住む必要はないですよね。そもそも愛人の子供がふたりも家に入って来たら、普通は揉めるんじゃ……？」

　茜は頭がクラクラとしてきた。あれだけ人がよさそうだった陽子が、そんな打算的な行動を取っていたとは、考えたくなかったのだ。

　蘇芳は顎に手を当てる。

「……母親のために、少しでも多く金を得ようとしたら、ありえない話ではないと思うけどね。おそらくだけれど、言い出したのは父親のほうじゃないかい？」

「ええー、でも普通に考えたら、そんなクソ親父の申し出なんかに乗りますかね？　女子だったら格好の政略結婚の道具にされるのは、目に見えてるじゃないっすか」

　モニターを見ていた早瀬は振り返って、蘇芳に反論する。蘇芳は頷く。

「普通だったらそんな申し出、無視するだろうさ。でもねえここの商店街、シャッター降りている店が多くないかい？」

　モニターを指差されて、茜は気が付く。たしかに全ての店が開いてはいない。一部は【店舗募集】の貼り紙が見える。

　早瀬は顔を引きつらせる。

「……蘇芳さんは、まさかとは思いますけど、実の父親が借金の肩代わりと引き換えに娘ふたりの引き取りを申し出たと、そう言ってんです？　正妻に子供がいないとかよっぽどの理由がなかったら、そんな無茶苦茶な話、普通はオッケーしないでしょ」

「最近でこそ珍しくなっただけで、ない話ではないけどねえ。正妻に子供が生まれなかったから、愛人の子供を家に入れるっていう話は、昔はよくあったらしいし。そこまで言うんだったら、早瀬くん調べてくれるかい、茨城家の本妻の子供のことを」

「……調べられるかはわかんないっすよ。金持ちの家の事情なんて、そう簡単にネットに流れたりしませんから」

茜は絶句した。月子はよくわからなかったが、陽子は少し話しただけでもわかるほどに、人がよかったのだ。そんな彼女がいったいどんな思いで茨城家に入ったのか……。

茜と早瀬が顔を引きつらせている一方で、蘇芳は淡々と話をまとめる。

「まあ、そうじゃないかと思っているだけで、真相は未だに闇の中だ。そのために、北村さんに茨城邸に潜入捜査に行ってもらいたい訳で」

「で、できるかどうかは、わかりませんよ!?　そういうことは事務所のほうに確認取らなかったら、できないんですから！」

あちこちの豪邸に入っていろんな秘密を嗅ぎまわるハウスキーパーなんて、滅多にいないと前に陽子に豪語したばかりだというのに。

茜は深く深く溜息をついた。事務所に戻ったら、茨城邸の臨時増員の募集がかかっているかどうか、確認しないといけない。

＊　＊　＊

早瀬の家を出て、本日の蘇芳宅の仕事を終えた茜は、サルビアホームサービスの事務所に向かい、念のため茨城邸へのスタッフ増援の募集が来ていないかどうか確認を済ませる。

　ほとんどの資産家の場合は、わざわざハウスキーパーの派遣会社を経由せず、直接使用人を雇い入れる。パーティーなどで人手不足の場合のみ、増員として一日仕事の募集がある程度だ。

　案の定、茨城邸の募集がないことを確認し、茜が溜息をついたとき。

「私の今の受け持ちを、他の人と交代ってできないんですかあ？　金持ちの家だと肌が合わないというか、外部業者だから肩身が狭いというか」

　いつかのパーティーのときのサボリ魔の後輩が、事務所の事務員に文句を言っているのが耳に入った。事務員はやんわりと言う。

「仕事でしょう？　苦情も言わずにあなたを雇ってくれているんだから我慢しなさい。臨時の仕事だけだったらいざ知らず、常時あなたを雇ってくれるところなんて、なかなかありませんよ」

「えー……そりゃそうですけどぉ」

　やはりいろんな雇い先で問題を起こしているらしい。茜は溜息をついて、どうやって蘇芳に無理と言うかと考えていたところ、後輩がなおも事務員に言い募っている。

「だって、あそこの家主？　こっちのことジロジロ見てきて、セクハラみたいなんですもん。もうちょっと年増……経験豊富な人のほうがいいんじゃないですかあ。芦屋と上甲子園とどっちにも家持っていて、しょっちゅうパーティー開いてるし疲れちゃうんですよねえ。芦屋の山より、もうちょっと駅の近くで働いたほうが早く帰れるし」

事務員に「それはあなたの勝手でしょ」と窘められている。

そのやり取りを黙って聞いていたが、後輩が事務員に追い返されたところを見計らってから、茜は彼女を捕まえた。

「あ、あの……もしかして、あなたが派遣されているの、芦屋の茨城さん家？」

「げっ……」

後輩は茜を見た途端、あからさまに顔を引きつらせた。前に方言でこっぴどく叱りつけたせいか、後輩は事務所で茜を見たらそそくさと退散するようになり、あのとき以降まともに顔を合わせていない。

茜は彼女が逃げ腰になっているのを逃がすまいと、話を続ける。

「茨城さん家？」

「そ、そうですけどぉ……」

「あなた、いつから駅の近くで働きたいの？　私、今阪神芦屋駅の近くの小説家さん家で働いているけど、よろしかったら交代しましょうか？」

「え……」

一瞬目を輝かせるものの、すぐ後輩は首を振った。

「先輩だったら、セクハラされません？　あそこの家主、相当女好きですよー。そのせいか、あそこで働いている女の人たち、上の人から集団行動が義務付けられてて、全然ひとりになれませんもん。息苦しいったらない。年増……ベテランさんのほうが絶対にいいですよー」

「……あんた、またサボってひとりなっとるとこで声かけられたん？」

茜がボソリと方言で圧を強めたら、後輩は「ひいっ！」と肩を跳ねさせた。

「単純にトイレ探してたとこで、声かけられただけですってばー！　ただの親切な人かと思ってたら、人の胸とかお尻とかジロジロ見てくんですもん、きもっち悪い……！」

茜は内心げんなりした。蘇芳の推測通り、陽子たちの父親はあまりにも女性関係がだらしないらしい。そんな人がいるのがわかっていて行くのは正直気が進まないが。

言祸のこともあるし、なによりも、陽子のことが気がかりだった。言祸が渦巻く伏魔殿みたいなところにいて、本当に彼女は大丈夫なのかと。

茜は後輩に手を合わせる。

「お願い、交代して。小説家さん家は楽だよ。あの人普段から部屋に引き籠もっているから干渉してこないし。あの人の仕事部屋以外の掃除と洗濯料理さえ終わったら、上手くいったら半日で帰れるから！」

　そこまで言うと、後輩はとうとう茜の提案に飛びついた。

「わ、私、言いましたからね!? 　あそこの家主セクハラしてくるって！ 　ひとりになったとき、なんやかんやあっても、知りませんからね!?」

「ありがとう、できる限りひとりにならないようにするから」

　念のため、後輩とはスマホで連絡先を交換して、それぞれの仕事内容を確認してから、事務所を出ると、蘇芳に連絡を入れた。

　しばらく、ハウスキーパーの仕事を後輩に交代させる旨を連絡すると、蘇芳は『そうかい』と答えた。

『まあ、茨城邸に入る前に、一度うちに来たまえ。渡したいものがあるから、それを持って茨城邸に向かうといい。それが、北村さんを守るから』

「わかりました……？」

　茜は少しだけ困惑しながら、電話を切った。

　言禍の原因となっている場所に足を踏み入れるのが怖くない訳ではないが、陽子のことが心配だった。あの家が抱えている問題がなんなのかはわからないが、茜は既に言禍にやられてしまった人たちを見ている。放置していた結果、大変な目に遭ってしまった人たちを知っている以上、陽子を放っておくことはできなかった。

別に自分はそんな大それた人間ではないのに。茜はそう思いながら、帰路についた。

＊＊＊

翌日。

学生が夏休みに入ったせいか、いつもよりほんの少しだけ空いている電車で芦屋に向かった茜は、まだ後輩の来ていない蘇芳宅に入った。

「じゃあ、今日から茨城邸に入ってもらうけど。これ、仕事着のポケットにでも入れておきなさい」

蘇芳が茜に巾着一杯に用意してくれたのは、昨日茜に持たせてくれたのと同じ豆本だった。巾着はその分、大きさの割にはずしりと重い。

「これ……こんなに必要でしょうか……？」

「豆本とはいえど、少しくらいの言禍くらいだったらきちんと吸収するはずなのに、あれだけバラバラに粉砕されていたからね。これだけあったら君の身代わりになってくれるだろうから、問題はないはずだよ」

「あの……疑問があるんですけど。交代してくれた後輩は茨城邸で、特に困ったり具合が悪くなったりしていないようでした。普通に使用人さんたちも仕事をしているようですし。ここまで……する必要があるんでしょうか？」

「君の言っていたサボリ癖のある後輩かい？」

「はい……」

「おそらくだけれど、彼女はサボリ癖のおかげで助かったと見ているよ。まあ、今日来たときに言禍が纏わりついていたら、こちらで吸い取っておくから」

　彼女がしょっちゅうスマホを見てサボっていることで、まさか言禍の災いから逃れていたなんて、それはいいことなのか悪いことなのか。

　蘇芳は続ける。

「まあ、今のところ言霊で起こっている事象は判明していても、原因がなにもわかってはいないからね。お守りは多いほうがいい。報告はスマホで、もしスマホじゃ伝えにくい場合は、うちに直接来てくれたまえよ」

　蘇芳にそう言われ、茜は頷くと巾着をありがたく自分のカートの中に入れさせてもらった。六麓荘の麓に向かうバスに乗るため、バス停へと向かう。

まだ、仕事はなにもはじまってはいない。

＊＊＊

裏口から茨城邸に入り、事務所からの指示で後輩と交代した旨を伝えると、ここの使用人頭らしい女性は安心したように息を吐いた。

「こちらで使用人のまとめ役をさせていただいております仙道と申します。外部業者の方だから、まともな対応をしてくれないのではと心配していましたけど、きちんと対応してくださり、本当にありがとうございます」

やはり後輩のサボリ癖に関してクレームが入っていたらしい。茜は彼女に代わって必死で頭を下げる。

「本当に申し訳ございませんでした……こちらが制服ですよね？」

「はい。そちらの更衣室で着替えてください。それから仕事の説明は致しますので」

渡された制服を見て、茜はなんとも言えなくなる。黒いロングワンピースに白いレーシーなエプロン。そしてひらひらのレースのついたヘッドドレス。典型的なメイド服であった。

資産家の家の使用人は、本当にメイド服を着るのか。茜は一種の感動を覚えながら、更衣室でごそごそと着替えたあと、仕事を覚えるためのメモとペン。そして蘇芳からもらったお守りの豆本をエプロンのポケットに入れようとして「あ、あれ？」と巾着の中を見た。

早速ふたつほど、豆本の背表紙が弾け飛んでしまい、真っ白なはずの表紙が絵の具をぶち撒けたような色彩へと変貌を遂げていた。

こちらが思っている以上に、言禍の被害は深刻になっているんじゃないだろうか。茜はそう思いながらも、ポケットの中に豆本を何冊か突っ込む。中身が白紙なのだから、メモの予備くらいに誤魔化せるだろうと思いながら。

用意が済んだところで仙道に、邸内を案内される。

「この邸宅は三階建て。上から順番に掃除して参ります」

「わかりました……あの、ひとつだけ伺ってもよろしいでしょうか？」

「なんですか？」

「このような資産家のお宅で働くのは初めてなんですが……どうしてうちみたいな外部業者に依頼をされたんでしょうか？」

仙道はポーカーフェイスのまま、じっと茜のほうを見てくる。

さすがにいきなり踏み込み過ぎだっただろうか。茜がビクビクして「も、申し訳……」と謝ろうとしていると、彼女は「はあ」と溜息をついた。

「お恥ずかしい話、このところ体調不良で休まれる方が多くて困っています。この部屋数ですと、残り少なくなった使用人だけでは手が回りませんが、かといって直接募集したのではなかなか人が集まりません。ですから旦那様が外部業者に依頼をなさったんです。事務所のほうに告げ口してくださらないと助かります」

「い、いえ……不思議な話だったので、納得しました。今暑いですから、体調不良もありますものね」

「ええ……お恥ずかしい話ですが」

そう彼女が言うので、茜は考え込む。

いくらなんでも、同時期に体調不良で休む人が増えるというのは、出来過ぎではないだろうか。あのサボリ気味な後輩の場合は、適度に休んでいたから無事だったみたいだが。

茜はそう思いながらも、残っている使用人たちと一緒に掃除をするところから、はじめることにした。

茜は外部業者なせいで、もっと煙たがられると思っていたのだが、意外なことにどの使用人たちも親切にこの屋敷のしきたりを教えてくれた。しかし会う使用人会う使用人が、どことなくげっそりとしているようだった。

茜がポケットの中の豆本を、使用人たちがよそ見をしている隙に彼女たちにかざしてみると、ブチッと割れてしまった。それを見て考え込む。

この屋敷内に蔓延している言禍の原因を解決しないことには、ここで働いている使用人たちだけでなく、ここの住人たちも危険なのではと。

なによりも、六麓荘のカーブの事故がいつ、また引き起こされるのかわかったものじゃないから、急がないといけない。

使用人たちと一緒に三階まで上がり、順番に窓を雑巾で拭きはじめる。しかし拭いた雑巾はほとんど汚れがないから、日頃から相当掃除を丁寧にやっているのだろうと想像がつく。一緒に掃除をしていた先輩のほうから声をかけられる。

「ここ、かなり綺麗だと思ったでしょう？　そもそもこの辺りまでいらっしゃるお客様は滅多にいないんだもの。でも奥様はいつ見られてもいいようにって、掃除に余念がないのよ」

「奥様……と申されますと？」

「ええ、早妃(さき)様。普段から本当に厳しい方だから、気を付けてね」

彼女は正面にいる茜くらいにしか聞こえないボリュームで話をしていた、そのとき。

三階の部屋のドアが突然開いたと思ったら、以前に見かけた茨城家の正妻の早妃が、不機嫌を露わにした顔で部屋から出てきた。

「口ではなく手を動かしなさい。あなたの腕は飾り物ではないでしょう？」

以前のときと同じく棘を隠そうともしない冷たい一声を浴びせられ、茜は先輩と一緒に「申し訳ございません」と慌てて頭を下げる。

そのとき、早妃は茜に気が付いた。

「あなた……以前うちの庭にいた陽子さんの知り合いね？　こんなところにまで入り込んで」

「い、いえ……私は、事務所から交代要員として派遣されただけでして……」

間違ってはいないため、茜はダラダラと冷や汗を掻きながら答えるが、早妃は余計にイラッとした顔で茜を睨みつける。

「あの子と同じく、コソコソとねずみみたいに嗅ぎ回って……！　うちは茨城の家名に恥じぬような行動しか取っておりません。嗅ぎ回るのなら、せいぜい双子のほうにしなさい」

言いたいことだけ言うと、音もなくドアを閉めてしまった。ここで怒りに任せてドアに当たらないだけ、彼女は育ちのいい人らしい。

先輩は呆れたような顔をしたあと、こっそりと茜に耳打ちした。

「気を付けなさいな。奥様、旦那様の浮気癖のせいで、ときどきヒステリー起こすから。あなたの前に派遣されてきた子は要領よく奥様の地雷を避けていたけど、前から働いていた子の中には、奥様に目を付けられて当たられ続けて、ノイローゼ起こして辞めた子だっているんだから」

「は、はあ……」

茨城邸の言禍にばかり気を取られていたが、どうもこの家が抱えている問題は、言禍以外にも相当根深いらしい。蘇芳から聞いた『太陽と月のターリア』の物語を思い浮かべて、茜はそっと溜息をついた。

掃除を終え、各部屋の布ものを交換して回り、洗濯を済ませる。一生懸命働いていたら、すぐに昼食となった。

茜が皆と一緒に使用人室で食事をとっていたら、先輩たちから話しかけられた。

「あなた、先程奥様に双子の話をされていたけれど、双子とはお知り合いで？」

「えっと……別の派遣先で知り合いました。ハウスキーパーの派遣会社に勤めてますから、派遣されたらどこにでも行きますし」

「そう……奥様、元々頑なな方だったけれど、双子が家にいらっしゃってから、前以上に頑なになってしまいましたからねえ……双子と仲いいんだったら余計に気を付けなさいな、奥様に目を付けられないよう」

どうも使用人たちは、陽子と月子がここの家主と愛人の間にできた娘たちだということは知っているようだった。双子という呼び方も、ここでへりくだった呼び方をしたら、早妃の反感を買うせいだろうか。

陽子が名前を呼んでもらえないと寂しそうだったのも、この茨城邸の中の歪さが原因なんだろうかと、茜は少しだけ気の毒に思った。

そこまで思い、食事をしながら聞いてみる。

「あの、おふたりと奥様の仲はそこまでよろしくないんですか？」

「そうね、陽子様、あの方はとても腰が低いからそうでもないけどね、こちらが恐縮するくらいに。奥様にも月子様にも旦那様にも気を遣ってらっしゃるのがわかるけど」

「でも……月子様と奥様の仲が本当に悪くってねえ……」

「月子様、奥様と気性が本当に似てらっしゃるから」

使用人室の外に声が漏れないようにと、皆ボソボソとした口調になってしまった。そして、先輩のひとりが言う。

「でも、奥様のことはなぜか月子様よりも陽子様のほうが刺激してしまうみたいだから、あまり陽子様とは関わらないほうがいいわよ。あと旦那様。あの方は天性の女好きだから、一対一では決して会わないように。また奥様を刺激して使用人の人数が減ったら、今度こそうちも回らなくなってしまうから」

「わかりました……」

茜は言葉少なに頷きつつも、食事を済ませ、一旦お手洗いへと席を立った。

エプロンの中で、ブチンブチンと弾けた音が響く。またも豆本が割れてしまったのだ。あとでまた新しい豆本を入れておかないといけないかもしれない。

彼女たちと話していて気になったことは、いくつかあった。

早妃と月子の仲が悪いというのは、まあわかる。

愛人の子であったら、早妃の心証が悪くなるのは理解できるし、月子も言動がつっけんどん過ぎるのだ。このふたりがぶつかり合ってしまうのは当然だろう。

だが、早妃が月子よりも陽子のほうに当たりが強いというのは、どういうことなんだろうか。

午後からは一階の掃除を済ませ、そこで外部業者の茜は帰ることとなった。

「お疲れ様です。それでは、私は失礼します」

仙道に頭を下げ、茜が帰ろうとすると、彼女は「お疲れ様」と丁寧な礼をした。仙道は表情を緩めて茜を見た。

「今回は本当に助かりました。このところ、ずっと体調不良で使用人が足りなかったので」

たしかに、と茜は思う。作業自体は、日頃からハウスキーパーとしてやっている業務とほとんど変わらないが、とにかく茨城邸は敷地が広い上に、部屋数も多い。マンパワーが必要なのに、使用人たちが減って大変だったんだろうと納得する。

「あと」

仙道は緩めた表情を引き締めて、じっと茜を見た。

「使用人たちの噂は、どうか聞き流してください。なにぶん、ここでは人間関係が限られているせいで、ゴシップに飢えている節がありますから」

その言葉に茜はビクリとした。どうも使用人室で、使用人たちがあれこれと新入りの茜に吹き込んだことについて、彼女はなにかしら思うところがあるらしかった。

「……わかりました」

「明日も、どうぞよろしくお願いします」

彼女は頭を再び下げると、今度こそ茨城邸の中へと戻っていった。

茜は不思議な気分になりながらも、一旦六麓荘を出るべく、バス停へと向かう。

そこでふいに漂ってきた匂いに気が付いた。

「……あれ？」

嫌な予感がして、茜は茨城邸の塀を伝って歩いてみた。

やがて、むわりと匂いの漂う場所に辿り着く。塀から伸びた、季節外れのバラを見て愕然とする。

明らかにバラの花数が増えている。

そのとき、蘇芳からもらった巾着からブチンッとひと際大きな音が響いた。恐々と中身を覗いてみて、絶句した。今日一日屋敷にいただけで、豆本が全滅してしまったのだ。

このスピードだったら、またいつあのカーブに言祸が再発するかわかったもんじゃない。皆がカーブの事故を怖がって麓のバスを使うようだったら、茜は乗れそうもない。

茜は仕方なく六麓荘の麓のバス停を使うのは諦めて、歩いて駅に向かうことにした。

時間はかかるが、ＪＲ芦屋駅からタクシーを捕まえて阪神芦屋駅まで向かったほうがまだ安心だ。

＊　＊　＊

「……と、報告は以上です」

帰宅した茜は、電話で報告を入れる。

茨城邸の話を一部始終聞いた蘇芳は、『ふむ……』と唸り声を上げた。

『なんだ、ずいぶんと茨城家の当主はやらかしているじゃないか。金持ちが色好みというのは、珍しい話でもないけれど』

「そうかもしれませんが……私は、奥様も陽子さんも、月子さんも気の毒です。おふたりのお母様も」

陽子は元より、性格のきつい早妃も月子もまた、被害者なように思えてならない。

茜はよくも悪くも、未だに当主に会っていないため本当のことはわからないが、使用人たちから話を聞いた時点でだいぶ茨城家の当主の心証は悪くなっている。

『ますますもって、「太陽と月のターリア」になぞらえた話になってきたじゃないか。しかし、まあ……』

電話の向こうの蘇芳が急に黙り込んだことに、茜は小首を傾げる。

「あの？」

『うん、君が言っていた、奥方が陽子さんに対して当たりが厳しいというのが気になってねえ』

それは茜も思っていたことだ。性格が似ている者同士、月子と早妃がいがみ合うというのは、どちらにも会ったことのある茜には失礼ながら理解できる。

だが陽子は人当たりがよく、月子のことはもちろんのこと、母親ふたりどちらにも気を遣っているように思えたから、余計に不可解に感じたのだ。

「あの、蘇芳先生はこの件については、どう思われますか？」

茜の質問に、蘇芳はやんわりとした声で答える。

『まだ答えは出せないから、なんとも。ただ奥方と陽子さんのことは少し気になったから、その辺りはもう一度早瀬くんに調べ物をしてもらうよ。またこちらもわかった話は北村さんと共有しよう。あと、豆本が粉々になったことだけれど』

「はい」

『……タイムリミットが近いのかもしれないね、もうちょっとのんびりできると思ってたんだけれど』

蘇芳の言葉に、茜は言葉を詰まらせる。

今まで、いくつかの言禍の騒動に立ち会ってきたが、蘇芳がそんな物騒なことを言ったことは一度もなかった。

「あ、あの……タイムリミットって……？」

『既に茨城邸の使用人たちにも影響が出つつあるからね。言霊を完全に調伏できるような言霊遣いがいたらよかったのだけれど、あいにく今はこの地にいないから。君も本当にもう無理だと思ったら、すぐにでもギブアップの旨を伝えてくれたまえ。私のほうが捜査は引き継ぐから、いつでも言ってくれてかまわないよ。お守りはまた明日の朝取りに来なさい。今日渡した分よりはもうちょっと言禍を吸えるものを用意しておくから』

「……っ、わかりました」

電話を切ったあと、茜はぐるぐると考え込む。

茜自身、今回の一件は別に彼女の職務ではないとはわかっている。蘇芳に頼まれたかとはいえ、わざわざ危ない橋を渡る必要はどこにあるんだとは思っている。だが。

言禍で簡単に家が燃えてしまうことを、もう茜は知ってしまっている。今のところ死傷者が出ていないからまだ大事になっていないだけで、既に警察は動いているのだ。カーブの事故が再発したら、今度こそ死傷者が出るかもしれない。

なによりも。そんな危ない渦中に陽子がずっといることが、気がかりだった。

茜は幼少期のことが原因で、今までまともな人間関係を築けずにいた。だからこそ、少しでも情を傾けた人のことを大切にしたいし、彼女が問題を抱えているのだったら、それをどうにかしたいと思うのだ。

助けたいというのはあまりにもおこがましいが、どうにかしたい、そしてそのどうにかする術を探している。

＊　＊　＊

それからも、茜は茨城邸で仕事をこなし、ときおり使用人たちから話を聞いていた。

その日は庭の掃除をしていたところで「茜さん？」と声をかけられて振り返る。

裏口の駐車場から中庭に入ってきた陽子であった。

「こんにちは」

茜がぺこりと頭を下げると、陽子は驚いたように目を瞬かせる。

「どうしたんですか、こんなところに」

「いえ。うちの事務所から派遣されたんです」

「まあ……たしか茜さんはハウスキーパーでしたもんね。最近、うちで働いている人たち、熱中症で倒れる人が多くって。もし具合が悪いと思ったら、すぐにおっしゃってくださいね？」

「はい、ありがとうございます。あの……」

「はい?」
陽子にどう声をかけたものか。茜はぐるぐると考える。
どう考えても、茨城邸の複雑な家庭の事情が、今回の言禍の騒動を引き起こしている
はずなのだが、未だにその原因が見つかっていなかった。
ただのハウスキーパーがなにを聞けばいいのかと考えあぐねた結果、茜は全然違うこ
とを言う。
「陽子さんも、なにかありましたらいつでも私に声をかけてくださいね。お話くらい
だったら、いつでも伺えますから」
やっとの思いでそれだけを伝えると、陽子は虚を突かれたように目を見開いたあと、
いつものように穏やかに笑った。
「ありがとうございます。お仕事頑張ってくださいね」
そう言って、彼女は屋敷の中へと入っていった。
他にもっと気の利いたことが言えたんじゃないか、もっとさりげなくこの家の事情を
聞き出すことができたんじゃないか。そうは思えども、口下手な茜はそれ以外言える言
葉が思いつかずにいた。
蘇芳の交代するという申し出を、ありがたくお受けしたほうがよかったんじゃないか。

そうぺしゃんとへこみながらも、茜はいつものように、庭の掃き掃除を終えたのだ。

明らかにバラの花びらが増えたちりとりにぞっとしながら、茜はそれをゴミ袋に入れて、きつく縛った。

次の掃除は早妃の私室を任されることとなった。掃除のレクチャーをしてくれる先輩が言う。

「他でハウスキーパーとして働いているからわかっていると思うけど、私室では埃を落として掃除機で吸うことに集中して。どんなに乱れていると思っても、鏡台の上や机の上の物を片付けようとすることは、絶対に止めてね」

「わかりました」

一番汚い蘇芳の仕事部屋を、全然掃除させてもらえず困っていた茜は、どこも同じように苦労しているんだなと納得しながら、早妃の部屋のドアをノックしようとしたとき。

「あと」

先輩は言いにくそうに、視線をさまよわせる。茜は目を瞬かせると、彼女は意を決したように口を開く。

「……最近、奥様の部屋で、体調不良を訴える使用人が多いの。業者に頼んで空調とかも見てもらったんだけれど、原因不明でうちも皆困っているの。もし体調が悪くなったら、いつでも言ってね」

　そう言われて絶句する。

　仙道にも、原因不明の体調不良で休んでいる使用人が多いとは聞いていた。

　まさかとは思っていたが、ここが震源地だったんだろうか。茜は少しだけ震えながら、ドアをノックして、反応がないことを確認してから、ドアノブを回した。

「失礼します」

　警告されたからもっと異様な雰囲気の場所かと思っていたが、彼女の部屋は思っていた以上にこざっぱりとしていた。なにかしら体調不良を起こすようなものでもあるのかと思ったが、そういうものは見当たらない。

　部屋に入って一番先に目に入ったのは、大きな鏡台。その上にはパーティー用だろうか、派手なアクセサリーが並べられている。大きなクローゼットやベッドもある。夫婦で寝室は別なんだろうか。

　先輩がベッドのシーツを替えている中、茜は壁面を見る。

　部屋の壁には、写真が入った額縁がいくつも飾られている。

　一部は新婚時代のものらしく、まだ若い早妃と当主らしき男性が写っている。後輩やここの使用人たちの口ぶりからして、どんな酷い男かと思っていたが、色香をスーツに閉じ込めたような、端正な顔つきに綺麗に整えられた髪の男性であった。

　これが早妃や双子を悩ませているここの当主か。そう思いながら、茜は埃落としの柄を伸ばすと、慎重に写真の入った額縁の埃を落としていった。すると。

　ひとつ気になる写真を見つけた。

「あのう……この男の子は誰ですか？」

　くるくるとした黒目勝ちな瞳に、黒くて硬そうな髪の男の子が、若かりし頃の早妃と笑顔で写っている写真が目に留まったのだ。

　笑顔のふたりは、驚くほどによく似た顔つきをしていた。

　茜の質問に、先輩は「ああ……」と声を上げる。

「……それは言えない。奥様にも絶対に尋ねては駄目よ」

　普段であったら、早妃や仙道の目さえなかったら、比較的フレンドリーであれこれと教えてくれる人だが、これに関しては答えてくれる気はないらしい。

　茜は「申し訳ございません」とだけ謝ってから、もう一度男の子の写真を見る。

　早妃の年齢から考えて、十年以上前の写真だろうが。

　もしこれが早妃と当主の息子だとしたら、ますます陽子と月子を引き取った理由がわからなくなる。

正妻が住む家に愛人の子である双子を引き取ったのは、どう考えても政略結婚の駒に使うためだろうが、跡継ぎの男子がいるんだったら、相続争いがはじまるのが目に見えるような真似を、わざわざするだろうか。

そもそも、茜はここで仕事をしている中で、当主以外の男性のことが話題に上ったのを一度も聞いたことがない。

いったい彼は誰だろう。どこに行ってしまったんだろうか。

これ以上使用人たちから話を聞き出せない以上、陽子あたりに尋ねたほうがいいのだろうが。

茜はもう一度、その写真を見上げる。

ここで働きはじめてから、茜は一度も早妃の笑顔を見たことがない。子供と一緒のときは、あんなに晴れやかな笑みを浮かべていたというのに。

そう思って埃落として綺麗になった場所の下に、掃除機をかけようとしたとき。茜はエプロンの中で豆本が弾ける大袈裟なほどに大きな音が響いたことに気付いた。

シーツ交換を済ませて鏡台の拭き掃除をしていた先輩は、驚いたような視線を送ってきた。

「なに？　今の音」

「い、いえ……よそのお屋敷で、お子さんがねずみ花火で遊んでいたみたいで」

茜は慌てて窓の外を見るふりをする。

「まあ、昼間からねずみ花火で遊ばなくってもいいのに」

先輩はそう納得して、再び鏡台の掃除に戻っていった。

茜はほっとしつつ、自身のエプロンのポケットに突っ込んだ豆本を覗き込む。今までも弾け飛んだことはあったが、人が気付くような音を立てて壊れたのは、今回が初めてだ。

言禍の気配は、常人では気付けない。気付かずに体調不良を引き起こしていたんだろうかと思ったら、ぞっとする。

陽子を捕まえて、話を聞こう。蘇芳の言っている通り、タイムリミットが近いのだとしたら、今よりももっと大事になってしまう。その前に。

＊　＊　＊

昼休み時間、茜はひとりになるべく「すみません、お手洗いに行きます」と言い置いて使用人室から庭に出て、蘇芳に連絡を取ることにした。

蘇芳に電話をし、早妃の部屋で見つけたものを報告すると「やっぱり」という返事をされた。

『ここの奥方の実子は、亡くなっているらしいんだよ。早瀬くんに調べてもらって裏付けは取った』

「そうだったんですか……あの、だとしたら、どうして奥様は陽子さんを……？」

『そのことなんだけれど、念のためその実子の死因について田辺さんに調べてもらったんだけどねえ……茨城邸の実子は事故で亡くなり、その事故の場所は上甲子園の商店街らしいんだよ』

「え……ええ……？」

茨城邸の当主は女たらしで、それが原因で使用人が辞めることも多い。

陽子と月子は、母の店の借金を肩代わりしてもらうのと引き換えに茨城家と養子縁組したらしい。

早妃は陽子に対して当たりが強い。

茨城邸の実子は、上甲子園で事故に遭って亡くなった。

いろいろな事実が、次から次へと浮かび上がってきて、茜はまさかと息を呑む。

頭に浮かんだ思いつきをなんとか打ち消したくて、必死で質問を重ねる。

「あの、ご子息が亡くなった事故ってなんなんでしょうか？」

『頭を強く打ったらしいけど、打ちどころが悪かったとされているね。傍から見たら、運が悪かったのひと言で済まされるけれど、親からしてみれば不運で済まされたらたまったもんじゃないだろうさ』

「……あの、それに対して、陽子さんは……」

『その辺りのことは、ちょっと情報が伏せられているね。事故自体は、十年ほど前の話だよ。でも、言禍がどうしてここまで育ち切ってしまったのか、察することだったらできる。北村さん』

茜はピン、と背中を伸ばす。蘇芳本人からは、彼女の様子は見えないはずだが。

『捜査はそろそろ終了でかまわない。仕事をきりのいいところで終えたら、戻ってきなさい。あとは私の仕事だから』

「で、ですけど……私。陽子さんを、放っておけません」

『北村さん。気持ちはわかる。だがね』

いつもの飄々とした口ぶりが、ほんの少しだけ硬い。

『言禍は一度発生してしまったら、発生させてしまった本人であっても制御できない。既に無差別に禍を引き起こしているんだから、言禍に対処できない人間は、なるべく早くその場から離れたほうがいい』

その声色は、有無を言わせないものだった。

茜にもわかってはいる。今のところ、茜が無事なまま茨城邸で働けているのは、蘇芳のお守りがあるからだ。既に茨城邸の近所のカーブを通ったというだけで、事故を起こした人たちがいるし、使用人たちにも被害が出始めている。これ以上大事になってしまったらどうなるのかは、想像もできないが。

せめて、と茜は思う。

「……せめて、陽子さんにお守りをあげるくらいだったら、してもいいですか？」

茜の言葉に、蘇芳のほうから空気の擦れるような音が漏れてきた。苦笑されているのだろうと察した。

『気休めにしか過ぎないよ。そろそろ私が向かうから、早めに戻ってきなさい』

「はいっ……」

茜は小さく返事をしてから、電話を切った。

さて、陽子を探さないといけないが。そう思って視線をさまよわせたとき、ちょうど二階から降りてきた陽子が目に入った。月子かもしれないと念のため目を凝らしたが、月子は茨城邸では常にピリピリしている印象だったから、おそらくは陽子で合っているだろうと当たりを付けた。

茜は庭に出てきた陽子に「陽子さん！」と声をかけると、陽子は驚いた顔で振り返った。

「茜さん？」

「あの……私……もうしばらくしたら、ここでの仕事を終えるんですけれど」

陽子が目を瞬かせている間に、茜は無事な豆本を取り出すと、それを陽子に差し出した。

「あの……これ。お守りです。陽子さんにと、思いまして」

「まあ、あのときの。でも、わざわざこれを私に？」

「……はい」

陽子が手を出してくれたので、豆本を差し出そうとした途端。

ブチッ。

豆本はあっという間に色付くと、陽子の手に納まる前に、壊れて背表紙が取れてしまった。

茜は目を丸く見開く。陽子はそれに驚くことも怒ることもなく、ただ悲し気に手に載る前にバラバラになってしまったものを見ていた。

「やっぱり……私、守られる資格はありませんね」

「……どうして、そう思ったんですか？」

「私、人殺しですから」

その非日常的な言葉に、茜は肩を跳ねさせる。陽子の口調はあまりにもいつも通りだが、冗談にしてはあまりにも尖り過ぎた言葉であった。

陽子は少しだけ目尻を下げて、それでも笑みをつくる。その顔はまるで、泣きたいのを堪えているようにも見えた。

「誰も、裁いてくれませんでしたけど」

陽子は膝を折り曲げて、茜の手から零れ落ちた豆本の破片を拾い集める。

「……休憩中に申し訳ありません。少しだけ、昔話をいいですか？」

「ええ？」

茜は思わず変な声を上げる。

既にお守りの豆本が役に立たないほどに、言禍が育ってしまっている。蘇芳もさっさと戻って来いと言っているのだから、適当な理由を付けてすぐにでもこの場を後にしたほうがいいと、頭ではわかっているのだけれど。

この穏やかな人が、ずっと内側に溜め込んでいた話を聞いてみたいと思ってしまった。

腹に溜め込んで膿んでしまった言葉もまた、言禍に成り得ると、既に茜は知っていたのだから。

「茜さんと私は上甲子園の屋敷で出会いましたけど。その街に、本当の母が住んでいるんです。普通の商店街の普通の店に、私と月子とお母さんとお父さんと、なんの変哲もない普通の家庭だとずっと思っていたんです」

それに、茜は一瞬だけ「あれ？」と思った。

早瀬が調べてくれたので、彼女が本来は上甲子園の商店街に住む人だということくらいは知っていたが。

茨城家の当主に家族がいることを、陽子は本当に知らなかったんだろうか。陽子は笑いながら言葉を続ける。その表情は自嘲に満ちた、普段の陽子を知っていたら似合わないと思う顔だった。

「……お父さんは、週に一度しか帰ってきませんでした。仕事が忙しいとお母さんが言っていましたし、いつもスーツを着ていたので、たしかにそうなんだろうと思っていたんです。でも週末には必ず帰ってきて、『ただいま、愛しい娘たち』と抱き締めてくれ、お土産にケーキを買ってきてくれて、それを皆で団欒で食べる。そんな週末をいつも楽しみにしていたんです」

使用人たちからは、当主に対して「ひとりで絶対に会うな」「女ったらしだから気を付けろ」と、さんざんな噂を耳にしていた。だが陽子の話だけを聞いていたら理想的な父親像だし、茜も周りの噂を聞いていなかったら信じていただろう。

陽子も月子もまた、本気で父親の悪癖を知らなかったようだった。

「でも、おかしいと気付いたのは、私たちが十歳の頃、塾に向かうために電車に乗っていたときでした。たまたま月子が『あっ、お父さん』と言ったんです。月子の指差した方を見たら、確かにお父さんがいました。その駅がちょうど芦屋でした。その日はお父さんが帰ってこない日だったので、どうしてお父さんがここにいるんだろうと、不思議に思って、私たちはこっそりと後を追うことに決めたんです」

そのとき、茜は気が付いた。

またエプロンのポケットの中で、ブチンッとまだ残っていた豆本が割れる音が響いたことに。

そして、庭に咲くバラの匂いが、だんだんときつくなっていくことに。

茜は驚いて顔を上げて、思わず息を呑んだ。

バラの茨が先程よりも明らかに伸びているのだ。いくらなんでも、急に茨が伸びる訳がない。

陽子はそれに気付いているのか、気付いていないのか、言葉を続ける。

「お父さんは駅前の店で花を買い、デパートでプリンを買うと、それを持って駅前に停まっていた運転手付きの車に乗ってしまいました。私たちは、タクシーに乗ってお父さんの乗った車を追いかけてもらうことにしました。幸いというべきか、お父さんからお小遣いをもらっていたので、タクシー代には困りませんでした……今思っても、おかしいんですよね。どうして私たち、そんなにお小遣いをもらえて、塾代も出してもらえていたのか。どう考えてもうちの店、そこまで儲かってなかったでしょうに」

彼女が自嘲するたびに、それに呼応して花が咲く。茨が伸びる。バラの香りが撒き散らされる。

茜はエプロンの中で、ブチンブチンと豆本が壊れる音を聞きながら、陽子が抱えていたものについて考える。

「タクシーはだんだん、見たことないようなお金持ちの家ばかりの道を通っていきました。もし、私と月子が手を繋いでいなかったら、怖くて動けなくなっていたでしょうね。ふたりでお父さんの降り立った場所を見たら、お父さんは全然知らない苗字の表札のついた、全然知らない家に入っていってしまったんです」

陽子は家を見上げる。

いったい、彼女が初めてこの邸宅を見たとき、どんな気分だったのかはわからないが。

もし自分が陽子と同じ立場であったら、人間不信になっても仕方がないとは、容易に想像できる。

「男の子が笑いながら『おとうさま、お帰りなさい』と走ってきました。知らない女性も、お父さんを見て『お帰りなさい、あなた』と言った瞬間、頭が真っ白になりました。お父さんは、私たちだけのお父さんではなかったんです。私たちはタクシーでそのまま駅まで送ってもらいましたけど、ふたりで手と手を取り合って泣くしかできませんでした。結局塾には行かずに家に帰って、私たちはお母さんに言ったんです。お父さんは嘘つきだ、大嫌いだと。そう言うと、お母さんは悲しそうに笑うんです。『お父さんのことを、そんな風に言っちゃ駄目よ』と。私は今でもお母さんとお父さんの関係がわかりませんけど……お母さんはお父さんがいなかったら、店をしながら双子を育てるなんて真似、たしかにできなかったんだと思います」

茨が伸びるのを気にする素振りも見せず、陽子は話を続ける。またバラの匂いが強く濃くなり、だんだんその匂いが眠気を誘ってくることに、茜は気付いた。

『眠れる森の美女』は主人公の姫を百年ほど眠りにつかせる物語だ。蘇芳の言葉の通りに受け取るならば、三種類の物語が混ざり合っているのが、現在の言禍の正体だ。

茜は豆本が在庫切れにならないことを祈りながら、陽子の話に耳を傾けた。

「それからも、お父さんは家に来ました。でも私も月子も、だんだんとよそよそしくなっていったんです。この人はうち以外に家があると。普段はそこに帰っていると知ってしまいましたから。でも、私たちがそう思っているように、向こうの家族も不審に思っていたんでしょうね。ある日、店を開ける準備をしていたときに、見覚えのある男の子が外に立っていたんです。男の子は、うちの商店街を見て、うちの店を見て、顔をしかめていました」

だんだん。早妃がどうして陽子を嫌っているのか。月子がどうして早妃を嫌っているのか。そして陽子がどうして茨城邸に引き取られる決心をしたのかの、核心に迫りつつあった。

木々に絡みつき、赤い血を思わせるバラの花を咲かせた茨に庭は浸食されている。既に元の庭がどんなものだったのかが、わからなくなってしまっていた。

そういえば。先程まで蟬の鳴き声や人の声が少しは聞こえていたと思ったが、それがパタリと止んだ。

茜の胸は早鐘を打ち、頭の中で警鐘が鳴り響いているのが聞こえる。

陽子はその中でも、平然と立って話を続けている。

「男の子はうちの店を見上げて言い捨てました。『汚い店』と。男の子は、私に不平不満を漏らしました。『どうして父さんがこの家に通っているんだ？』『愛人の子がなにも知らないでのほほんと暮らして』『母さんが可哀想だ』『君から言いなよ、卑しい愛人の家にかまわずに、家に帰れって。君にはもったいないよ、父さんは』『今のそういう生活を……物乞いって言うんだよ』男の子の声に、だんだん私の頭に血が昇っていき、思わず彼を突き飛ばしたんです。『帰って！』『もう二度とここに来ないで！』『あんたなんて大っ嫌い！』そう突き飛ばした男の子が、倒れて起き上がらないので、私はさんざん喚き散らしました。でも、だんだん様子がおかしいことに気付きました。男の子が本当にピクリとも動かないんです」

……間違いない、言禍の原因は陽子だ。

そう確信するも、庭木を絡め取った茨が伸び、徐々に茜に向かって手招きするような素振りを見せてきたのを見て、自分の顔が青褪めるのがわかる。

それでも、一番大事なところを聞かなかったら、陽子の言禍をどうにかする術がわからない。

だが今、自分が捕まったら、蘇芳に情報を届ける方法がない。

もう茜のエプロンに入っている無事なお守りは、あとわずかしかないのだから。

茜は陽子に背を向けた。

これは見なかったことにするためじゃない、助けるために逃げるんだ。

「陽子さん！　待っててください。あなたのこと、絶対に助けますから……！」

「……茜さん？」

陽子は未だに、自分がつくった茨の庭が見えていないんだろうか。それとも、既に彼女自身も言禍に飲み込まれてしまったんだろうか。

茜は陽子を置いていくことに後ろ髪を引かれる思いを感じながらも、必死で茨城邸を逃げ出した。

夏の昼下がりだったはずなのに、やけに静かだ。蟬時雨も、車の音も、木々のざわめきも、まるで膜一枚挟んだかのように、なにも聞こえない。

茨城邸の人々は皆、言禍に飲まれてしまったのか、誰ひとり無断で屋敷を飛び出した茜を引き留める者はない。

あの言禍に飲み込まれてしまったのか、今は車一台通らない。

せめて蘇芳に連絡を取ろうと、先程まで電話をしていたスマホをワンピースのポケットから取り出そうとするものの、指に引っ掛からない。

茜は「まさか……」と思う。

今、茨城邸に暢気にスマホを探しに戻れる訳がない。だとしたら、できる限り六麓荘から遠ざかって、タクシーを捕まえて蘇芳宅に逃げ込むしかない。

足がもたつき、絡まりそうになりながらも、茜は必死で走る。もう夏の炎天下とか、アスファルトの照り返しとか、考えている余裕がなかった。

だんだん坂が緩やかになってきて、大通りが見えてきた。

そこでタクシーを呼び止めようとした、そのときだった。

「なにをやっているんだい？」

その声に、茜は大きく肩を跳ねさせた。

逃げないと。タクシーを呼ぼうとしたとき、からからと下駄を転がす音がして、ようやく茜はひと息つけた。

ついさっき電話で話したばかりだというのに、その声がひどく懐かしく感じる。いつもの着流しに下駄姿の彼が、こんなに頼もしく思えるときが来るなんて、茜は思いもしなかった。

「蘇芳先生……っ!!」

とうとう、我慢が限界に達し、茜の涙腺は決壊した。そのままわあわあと泣き出す茜に、蘇芳は黙って手持ちの真っ白な本を押し当てる。

表紙にはアクリル絵の具で描いたようなくっきりとした、バラが絡み合った城で眠るお姫様の絵が浮かび上がっていた。今まで吸ったときは、物語のパーツばかり浮かんで、話の内容がわかるほど転写できたことはなかったというのに。

その絵を見た茜は、泣きながらも「あれ……？」と口を開く。

「あの……この絵って『眠れる森の美女』……ですよね？　前は『太陽と月のターリア』の絵だったのに……」

涙をぐじぐじと拭きながら首を捻っていると、蘇芳は頷く。

「前にも言ったと思うけど、言禍を本で吸ったら、私の記憶にある物語の中から事件のあらましに似た物語が転写できるようになっているから。北村さんから話を聞きながら、少しずつ真相を探っていって、物語が変化したというところだろうね……それで、北村さん。ここまで言禍を撒き散らしているってことは、なにかあったんだね？」

「……茨城邸が、もう茨が絡まってぐちゃぐちゃになってしまってて……中の人たち、大丈夫なんでしょうか。それ以前に六麓荘のほうがひどく静かになってしまって……あれのせいで、皆眠ってしまったみたいなんです……」

ようやく涙を拭き取って、茜が要領を得ない説明をすると、蘇芳は六麓荘の坂道を仰いだ。

「……陽子さん、相当溜め込んでいたんだね。気の毒に。親のかける言葉は、祝福であるのと同時に呪いだからね」

＊　＊　＊

「愛しているよ、我が子たち」

父のその言葉は、陽子にとっては呪いだった。

その言葉が陽子を抱き締め、茨のように絡め取って、その棘が彼女に食い込んで抜けてくれない。棘の食い込んだ彼女の傷口からは、いつまで経っても鮮血が流れ続けている。


陽子と月子は、上甲子園の商店街で暮らす、ごくごく普通の双子であった。

母は小さな居酒屋を切り盛りし、双子が顔を出せば、店の常連客は可愛がってくれた。

「やあ、今日ここにいるのは陽子ちゃんかな、月子ちゃんかな？」

「おじちゃんぜんぜん区別がつかないのね。わたし、陽子よ？」

「あっはっは、すまんすまん。可愛い双子ちゃんはほーんとそっくりだから」

そう常連客にからかわれていたら、「陽子」と声をかけられ、陽子は顔をぱっと輝かせた。

「お父さん！　お帰りなさい！」

「ただいま、いい子にしていたかな？」

「うん！　この間ね、テストで百点取ったの！」

「そうかそうか、陽子は賢いな、すごいすごい。さすが自慢の娘だ」

そう言って、笑いかけてお土産のケーキの箱を持たせてくれた。

週に一度しか帰ってこない忙しい父だけれど、それでも陽子は幸せだったのだ。

両親は優しい。

商店街の人たちは優しい。

その幸せが本当にあっけなく崩れてしまうものだということを、まだ幼かった陽子は知らなかった。

偶然見かけた父を追いかけて、月子とふたりで芦屋の駅に降り、タクシーで追いかけたことを、今でも陽子はよく覚えている。

普段知っている商店街の街並みとは、似ても似つかぬほどに閑静で豪奢な街並みは、ふたりを委縮させるには充分だった。

しかし、追いかけた父の乗る黒光りする大きな車は、当たり前のように、一軒の大きな家の前へと停まる。

門が自動で開いたかと思ったら、車はそこに滑り込んでいく。そして車が入ってきたと同時に、甲高い声が響いた。

「おとうさま、お帰りなさい！」

それは陽子と月子と、ほとんど年の変わらない男の子だった。品のいい高そうな服を着て、利発的な顔をしている。その隣でにこやかに女性が笑っている。

「お帰りなさい、あなた」

「ただいま、いい子にしていたかな？」

父はよりによって、見知らぬ男の子に、普段陽子と月子にするようなことをして見せたのだ。男の子はにこりと笑う。

「うん、この間模試で全国一位だったんだ」

「へえ……じゃあ中学受験も安心だな」

「うん」

ガラガラガラガラと、なにかが崩れていく音が、陽子の中で響いていた。視界が魚眼レンズで覗いているように、歪んで見える。

陽子たちを乗せてくれたタクシーの運転手は、ふたりを怪訝な顔で眺める。

「どうする？　ここで降りるかい？」

「……元来た道を引き返してください。駅で、降ります」

「そうかい」

運転手はなにかを察したのか、メーターを止めて、元来た道を帰ってくれた。

普段の陽子であったら、月子と一緒にきちんと運転手にお礼を言ってから降りただろうが、その元気もなく、黙って料金を支払って降りた。

あの日のことは、なんだったのか。

だんだんだんだんと、父を疎ましく思ってまともに顔を合わせられなくなっていたときだった。

店を開ける準備をするために、看板を店先に運んでいたら、この辺りでは見ないような私立小学校の制服を着た男の子が立っていることに気付いた。その男の子が店を上から下まで、舐め回すようにして見てから、舌打ちをした。

陽子が怪訝に思いながらも店内に戻ろうとしたとき。

「汚い店」

その声色には、あからさまに侮蔑が含まれていた。

よくよく見たら、その男の子の顔には覚えがあった。……父のことを「おとうさま」と呼ぶ、芦屋の豪邸に住む子だった。

必死で忘れたいと思っても、脳裏にこびりついて消えなかった記憶だ。

「どうして父さんがこの家に通っているんだ？」

「……どうしてって、ここは、お父さんの家だから……」

その男の子が、父を「父さん」と呼ぶのが不愉快だった。

お父さんは裏切り者だ。頭ではわかっていても、気持ちでは納得できなかった。言い返しても、男の子は更に重ねる。

「愛人の子がなにも知らないでのほほんと暮らして。本当にいいご身分だな」

侮蔑だけではなく、憐憫、嫌悪、傲慢……普段滅多に遭遇することがないような悪感情が、その男の子から陽子の中に一気に注ぎ込まれた。

男の子は次から次へと、陽子に感情を吐き出していく。

まるで、陽子をゴミ箱だと思っているかのように。

「母さんが可哀想だ」

私のお母さんは、可哀想じゃないの？

「君から言いなよ、卑しい愛人の家にかまわずに、家に帰れって。君にはもったいないよ、父さんは」

……さい。

穏やかで朗らかな少女の心に、一点のしみができた。

「今のそういう生活を……物乞いって言うんだよ」

うるさい。

うるさいうるさいうるさい…………!!

しみが広がり、彼女の心が真っ黒に染まるのはあっという間だった。

陽子は頭に血が昇ったまま、いじめっ子を突き飛ばしたときのように、男の子を思いっきり突き飛ばしていた。

「帰って！　もう二度とここに来ないで！　あんたなんて大っ嫌い！」

彼女の人生の中でここまで声を荒らげたのは、後にも先にもこのときだけだった。

陽子の怒鳴り声に、怪訝な顔で月子が店の奥から顔を覗かせた。

「どうしたの、お姉ちゃん。さっきから大声で。あれ……この人」

「……知らない。なんか押しかけてきたの」

「ふうん、あの、もう帰ったら？　あれ？」

そのとき、ようやく彼が起きないことに気が付いた。

月子はびっくりして「お母さん！」と店の奥に戻っていった。

そのあとのことを、陽子はあまり思い出せない。

おぼろげに覚えているのは、そのまま救急車を呼んで男の子が病院へと運ばれていったのを見送ったことくらいだ。そのまま彼は亡くなってしまったらしい。打ち所が悪かったのである。

それからが大騒ぎであった。

警察や検察官、弁護士などが入れ替わり立ち替わり、次から次へと陽子を取り囲んでの尋問がはじまったのだ。

あの男の子の母親は、陽子を見た途端に鬼気迫った顔をして睨んでいた。

ここで父の女性問題が露見したが、不思議なことに新聞を賑わすこともなく、ゴシップ誌の記者が来ることもなかった。思えば六麓荘の高級住宅街に住めるような人間は、マスコミを黙らせるほどの財力もコネもない訳がない。

子供が子供を殺したということで商店街は騒然となったが、これは子供同士の喧嘩でありがちのもので、ありていに言えば「運が悪かった」というものだった。故にこの件は公的には事故として処理されたものの。

この事件は勝手に尾ひれが付いて商店街中に広がってしまい、母親の店からは常連客の足が遠のいてしまった。

商店街に住む人が学校の知り合いにも言ったのだろうし、自分の子供に「関わるな」と言ったのだろう。

陽子だけでなく、月子まで学校で遠巻きにされるようになり、だんだんと居場所がなくなっていく。

男の子から向けられた悪意は、許せるものではなかった。

でも、家族の幸せを粉々に砕いてしまったのは、自分だった。自分だけなら、まだいい。だが、母も月子も巻き込んでしまった。家族が身を寄せ合って必死で耐えている中、あれから一度も顔を見せなかった父がひょっこりとやってきたのだ。

「この子たちを、うちで引き取ろうか？　店の借金は私が払うから」

なんの悪気もなく、家庭を滅茶苦茶にした人が、またも勝手なことを言い出した。

今思えば、生活に困窮している母と娘たちを見るに見かねて、早妃を説得していたのだろうが、起こったことを考えれば、いい感情は湧いてこない。

もし月子が元気だったら、父に嚙みついて追い出していたかもしれないが、もう陽子も月子も、父に嚙みつく元気も、現状に耐える気力もなかった。

ふたりは引っ越して転校もして、ガラリと生活は変わった。

メイドに面倒を見てもらえ、なに不自由ない生活。人に悪意を向けなくて済み、悪意を向けられない生活というのは、快適だった。

……義母の早妃は、双子を憎悪のこもった冷たい目で見ていたが。

月子からしてみれば、自分は完全に被害者なのだから、自分の人生と母の生活を弁償してもらっているだけ。

早妃からしてみれば、自分の実子を奪われたのに、実子を奪った夫の愛人の子供が同じ家の中でなにひとつ不自由のない生活をしているのが気に食わない。

陽子は罪悪感に囚われながらも、なんとかしてふたりの間を必死で取り持っていたが。

年月を追うごとに、少しずつ摩耗していった。

いったいどこから間違ってしまったのか。

父のことを、なにも知らないままでいたらよかったのか。

死んでしまった彼の言動に、なにも抵抗しなければよかったのか。

父のことを、許せたらよかったのか。

生来の女好きであり、あちこちに愛人をつくって回っているが、あの人の言葉には、嘘がないのだ。芦屋の家で一緒に住んでみてわかったことだが、彼は死んだ息子のことも、愛人が生んだ双子のことも、たしかに愛していた。

死んでしまった男の子も陽子も、それを見て見ぬふりができる大人であったら、誰も傷付くとも苦しむこともなかったというのに。

——愛している

そのひと言が陽子の胸に突き刺さり、昔も今も大きく苦しめている

気が付いたとき、陽子は茨の中にいた。バラの匂いが充満し、その芳香を吸い過ぎて息苦しさすら覚える。

少しずつ眠気が押し寄せてくる中、陽子は力の抜け落ちた体で、庭に横たわった。もうなにもかも、疲れてしまった。頑張ることに疲れてしまった。もういい。もう休みたい。少しずつ陽子は眠気に誘われていく。そのときだった。

「——さんっ！　陽子さんっ！」

声が、聞こえたのだ。

それは茜の声だった。茜の隣には、着流し姿の男性がいて、本を広げている。

「あなたが茨城陽子さんですね。お話は北村さんから概ね伺いました。さぞや、大変だったんでしょうね。これだけの言禍に囚われてしまうほどに」

げんか？　意味がわからないまま、陽子は重い目蓋をひらいて男性を見る。

男性が真っ白な本を広げると、しゅうしゅうと茨が本に吸い込まれていく。本が一冊

色付いたところで、再び新しい本を取り出し、その中に次々と茨を閉じ込めていく。だんだんと、辺りを漂っていた芳香が薄らぎ、呼吸もしやすくなってきた。

「あの……あなたは？」

あれだけ自分を蝕んでいた眠気も、気付けば消えていた。男性は本を広げながら、薄く笑う。

「通りすがりの言霊遣いですよ。あなたが囚われていた茨を祓う、ここまでは私ができることですが、残りは私では対処できないことです」

言霊遣いと名乗る男性は、広げていた本を閉じ、三冊目の真新しい真っ白な本を広げながら続ける。

「あなたが言禍を発生させる原因を突き止めて、それを取り除かなければ、同じことは繰り返されます。あなたは北村さんと親しくしているそうですね。第三者の私が無理ならば、せめて彼女にだけでも、本音を話してもいいんじゃないですか？」

そう言って男性は、茜を陽子の前に押し出した。茜は少しだけ困ったように男性を振り返ったが、一歩陽子に近づくと、倒れたままの彼女に手を伸ばしてその場に跪いた。

「あの、先程のお話を聞いて思ったんですけど……許す必要って、ないんじゃないでしょうか？」

「……ええ？」

陽子は目を瞬かせながら、茜を見上げた。茜は手を差し出して陽子を起こすと、頷く。

「私も相手が言うだけ言って忘れていることを、いつまで経っても引きずっています。相手がもう覚えてないことをいつまでも引きずらずに忘れるべきだっておっしゃる方もおられるでしょうが、忘れられたらそもそも傷付くことも引きずることもありませんよね」

「……茜さん。あの、私……人殺し、なんですよ？」

陽子は立ち上がって、スカートを払いながら言う。茜は少しだけ困ったように、気の弱い顔のまま答える。

「普通自分の家のことを、初めて会った人に悪く言われて、怒らない人はいないと思います。もちろん人が死んでしまったことに対しては本当に残念ですが……どう考えても一番悪いのは、陽子さんではなくてお父様ですよね。愛しているって言葉は、なにをしても許される免罪符ではないはずです」

陽子は大きく目を見開いたあと、ようやくいつものように笑みを浮かべた。いつもどこか諦めたように生きてきたというのに、不思議と気持ちが晴れている。

男性が三冊目の本も閉じ、四冊目の真っ白な本を広げたら、再び本が勢いよく色付いていく。

　とうとうバラの匂いは完全に消え、先程まで聞こえなくなっていた蟬時雨がこだますようになっていた。

「……全部をお父さんのせいにはできないかもしれません。やっぱり、私が人を殺したことには、変わりはないから」

「で、ですけど、それは……！」

「茜さん。あなたに会えて本当によかった。たったひとりでも許してくれる人がいて、よかったです。本当にありがとう」

　茜の知り合いらしい男性のことは本当によくわからないが、彼がここで起こった現象を本に閉じ込めた途端に、自分を縛りつけていた枷が外れたような気がしたのだ。

　家のためとか、家族のためとか、自分の行動を誰かのためと言い訳するのはもう止めよう。

　バラの匂いが消えたら、今まで抱えていたものがふっと軽くなっていることに気付いた。

＊　＊　＊

あれだけ濃かったバラの匂いも、あれだけおどろおどろしく伸びていた茨も完全に消えた。坂を下っていると、蟬時雨が木々の間で響いているのが聞こえた。完全に、日本の夏の光景だ。

先程までの出来事は、ただの白昼夢だったんじゃないかとも勘違いしそうになるが、あれが夢ではないと、蘇芳の抱える風呂敷に納まっている四冊にも渡る大作となってしまった本が物語っている。

茜は首を捻りながら言う。

「あの……私が陽子さんに言ったこと、いい加減ではなかったでしょうか。陽子さん、本当に苦しんでいらしたのに」

クラスメイトに言われた悪気のないひと言が原因で上手くしゃべれなくなってしまった茜は、陽子の幼少期のことを他人事とは思えなかったから、自然と口を挟んでしまった。

でも事故とはいえど人を死なせてしまった彼女には、茜の言葉は薄っぺらかったのではないか、自分のひと言で彼女の人生を決めさせてよかったんだろうかと、それればかりを気に病んでいた。

蘇芳は「そうだねえ」とのんびりと相槌を打つ。

「人の言葉って、一度吐き出したものはたとえ吐き出した本人が忘れたとしても、取り消すことはできないからね。言われた人がそれでずっと気に病んだり、囚われたりすることはいくらでもある。でもねえ」

だんだん坂道が緩やかになり、大通りが見えてきた。蘇芳は立ち止まると、タクシーを探しはじめた。

「言葉で気を病んだ人は、言葉でしか助けることはできない。陽子さんも北村さんの言葉で救われたんだと思うよ」

「わ、たし……本当に大したことなんて言ってないんですが」

「でも君は、陽子さんを助けようと必死に訴えたじゃないか。君は言葉で傷付けられたから、必死で言葉を選んで助けたいと伝えた。だからこそ、陽子さんに届いたのさ」

やがてタクシーが見つかり、蘇芳が手を挙げると、緩やかにブレーキをかけて停まった。蘇芳は茜を先に乗せながら伝える。

「くれぐれも忘れないようにしなさい。言葉は言葉でしかない。人を傷付けることもあれば、助けることもある。それは使う人次第だ」

それは小説家として、言霊遣いとして。さんざん言葉と対話を続けている蘇芳だからこそ出てきた言葉だろう。
茜は「はい」と頷いた。

終章

もうもうと陽炎が立ち上っている。

コンクリート塀と新興住宅の建ち並ぶ道を、蘇芳と茜は歩いていた。

真夏の昼下がりだと、誰もかれもが冷房を求めて建物の中に入ってしまうのだろう、通りには人っ子ひとり歩いている姿が見当たらない。

芦屋川だって、この時期になったらすっかりと乾いてしまって水が一滴も流れていない。せいぜい梅雨の時期に伸びた草が生い茂っているだけだ。

「すまないね、図書館まで荷物持ちでついてきてもらって」

「いえ。カートがなかったら難しいですよね」

茜はいつも仕事用に使っているカートを引きながら、蘇芳についてきていた。たしかに汗がとめどなく流れてきて、べとついて気持ちが悪いが、バスの冷房で冷えた体を温めるようにして歩くのは、悪い気がしなかった。

この間の茨城邸の一件は、陽子が茨城邸を離れたことで、どうにか治まったらしい。

あの家に蔓延していた言禍も、陽子が離れたことで一応の決着がついたのだから、茜からしてみれば不思議なものだった。

「陽子さん、上甲子園のご実家に戻られたそうですけど。どうしてそんな簡単に言禍が治まったんでしょう……もちろん、治まってくれるのが一番いいんですけど」

「そうだねえ。親から言われたこと、心ないひと言っていうのは、ずっと尾を引くからね。私もあくまで言禍を封印するだけで、根本的な解決はできないから。決着がついた理由のひとつは、元凶から距離を取ったということかな。あの当時は陽子さんには選択肢がほとんど残されていなかったけれど、今はそうじゃない」

月子や早妃が納得したのか。あのいい加減な父は了承したのか。いろいろ聞きたいことはあるが、それは陽子が話したくなったときに聞いてみよう。茜と陽子は連絡先を交換したのだし、もう家主の家族とハウスキーパーという間柄ではないのだから。

そうこう話している内に、ふたりは図書館へと辿り着いた。

そのまま図書館に入るのかと思ったら、「ちょっとだけいいかい？」と蘇芳は、図書館近くの小道を進んでいく。茜はきょとんとして、彼の下駄の音についていくと、やがて古めかしい門が見えてきた。

【谷崎潤一郎記念館】と、そう書いてある。

「もうひとつは、芦屋の地は言霊が強い地だから、そのせいで言霊が暴走して、言禍に転じやすいということだろうね。谷崎潤一郎は、知っているかい？」

「ええっと……教科書で名前だけは見たことあるんですけど、読んだことはありません」

「谷崎潤一郎はね、関東大震災で被災した際に、芦屋に疎開して、しばらくの間はこの地で執筆活動をしていたんだよ。彼の代表作のひとつ『細雪（ささめゆき）』は、芦屋を舞台にして完成させた作品だからね」

「芦屋を、ですか……」

この地は昭和のモダンを未だに残した不思議な街だ。それを気に入って小説にすることもあるだろう。

蘇芳はのんびりと言う。

「あの作品は様々な評価がされているけれど、そのうちのひとつは、鎮魂の趣だよ。『細雪』にはこの辺りを襲った大洪水のことがしっかりと描かれている。文豪が言葉の限りを尽くして、昭和を生きた人々を、消えて忘れられてしまうかもしれない日常を描いた。だからこそ、その作品は今でも残っているし、この作品についての記念館も残っているんだ。言葉には力がある。歴史を残すのも、歴史を変えるのも言葉ならば、人に危害を加え時には傷付けるのも言葉だ。そんな言葉が力を持って、実体を持って騒動を起こすことも、なんら不思議ではないと私は思うよ」

茜はそれを聞いて、しみじみと考えた。

蘇芳の元で働くまで、言葉についてそこまで深く考えたことはなかった。

でも、いつだって人に言われたことに振り回されてしまうし、それをないがしろになんてできない。

トラウマをつくるのが言葉の力ならば、そのトラウマを乗り越えるのもまた言葉の力なのだろう。

「……そうかもしれませんね」

茜の言葉に、蘇芳はふっと笑いながら、谷崎潤一郎記念館から離れ、元の図書館へと向かう小道を歩きはじめる。

「それじゃ、そろそろ編集がうるさいから、さっさと資料を借りて作業をはじめようか」

「あの、今度はなにを書くんですか？」

「芦屋を舞台にした泣ける小説をご所望だそうだ。いったいどうしたら泣ける小説になるんだろうねえ」

「ま、また出版社の人を困らせないでくださいね？」

「さあ、彼らは困るのが仕事だと思うんだけどねえ」

ふたりはいつものやり取りをしながら、歩いていく。

言葉がなければ、人は気持ちを伝えられない。ときにはひと言足りなくて伝わらないことも、ひと言多くて曲解されることもある。

だから上手く気持ちを手繰り寄せ、一番伝わる言葉を探すことこそ、肝心なのだ。

あとがき

買い物帰りにベンチで座っていたら、後ろで高校生たちが話をしているのを耳にしました。

「SNS怖い」「大人が人の悪口ばっかり言ってて怖い」「アプリで充分。炎上怖い」

高校生たちの話に、なるほどと思いました。話を聞いている限り、自分が世間話の一環として表に出した言葉が手に負えなくなるのが怖いのだろうと。たしかにそれは、SNSを使っている自分も怖いです。どうにか言葉の怖さや強さ、優しさを伝えられる話が書けないかなと、ぼんやりと考えるようになりました。

作中でも語りましたが、言葉を使うこと自体が悪いというのはないです。包丁やはさみは、野菜を切ることもあれば人を傷付けることもあるというだけです。今、日常的に使っている言葉も同じようなもので、使い方を間違えれば簡単に人を傷付けます。

企画書を書くだけ書きましたが、通るとは思っていませんでした。通してくださったマイナビ出版の皆さん、担当してくださり毎度毎度無理を聞いてくださいました山田さん濱中さん、本当にありがとうございます。この話に素敵なイラストを描いてくださいました縞さん、本当にありがとうございます。

　今回書くにあたり、芦屋探索をしてきました。学生時代通っていた街であり、久々の探索で変わったところ変わらないところを多数発見して、大変有意義な時間を過ごしました。仕事の往復で通るからといろいろと案内してくれた妹、ありがとう。もろもろが終わったらまたなにかおごります。

　そしてこの本に関わった全ての皆様、本当にありがとうございます。

　それでは、またどこかでお会いできましたら幸いです。

　この話自体はフィクションですが、言葉が道具にも凶器にもなり得るということだけは、本当の話です。人の心が変わらない限り、言葉自体を規制してもなにも意味がないということだけは、どうか忘れないでください。

　あとＳＮＳを怖がっていた高校生たちへ。教室の中で話しても大丈夫なことは、だいたいどこで語っても大丈夫ですし、教室の中では話せないことは、だいたいどこで語っても危ないですよ。

石田空

この物語はフィクションです。
実在の人物、団体等とは一切関係がありません。
本作は、書き下ろしです。

■参考文献
『シャーデンフロイデ　他人を引きずり下ろす快感』中野信子（幻冬舎）
『子どもに語る　日本の昔話3』稲田和子・筒井悦子（こぐま社）
『イソップ寓話集』イソップ（著）・中務哲朗（翻訳）（岩波書店）
『新編 世界むかし話集4　フランス・南欧編』山室静（編著）（文元社）
『細雪』谷崎潤一郎（新潮社）

石田空先生へのファンレターの宛先

〒101-0003　東京都千代田区一ツ橋2-6-3　一ツ橋ビル2F
マイナビ出版　ファン文庫編集部
「石田空先生」係

芦屋ことだま幻想譚

2020年10月20日　初版第1刷発行

著　者　　石田空
発行者　　滝口直樹
編　集　　山田香織（株式会社マイナビ出版）　濱中香織（株式会社imago）
発行所　　株式会社マイナビ出版
〒101-0003　東京都千代田区一ツ橋2丁目6番3号　一ツ橋ビル2F
TEL　0480-38-6872（注文専用ダイヤル）
TEL　03-3556-2731（販売部）
TEL　03-3556-2735（編集部）
URL　https://book.mynavi.jp/

イラスト　　縞
装　幀　　前田麻依＋ベイブリッジ・スタジオ
フォーマット　ベイブリッジ・スタジオ
ＤＴＰ　　富宗治
校　正　　株式会社鷗来堂
印刷・製本　中央精版印刷株式会社

 ISBN978-4-8399-7233-2
Printed in Japan

Fan
ファン文庫

天神さまの突撃モノノケ晩ごはん

著者／烏丸紫明
イラスト／ななミツ

おしかけ神様がやってくる!?
人間とあやかしのじんわりと心に沁みる〝絆〟の物語

人間関係に疲れていた愛は北野天満宮近くの古い空き家を購入した。ある日の夜、突然小袿姿の美しい男性が家に入ってくる。それからあやかしと食卓を囲む賑やかな毎日が始まった…！